七年光

——李惟七短篇小说集

李惟七 著

群言出版社
QUNYAN PRESS
·北京·

目录

执手天下

沈暮景却没有流泪，他的脸色只是苍白下去，再苍白下去，像凝固了的雪原，永远不再融化成眼泪。

我看见他一撩衣袍跪在我面前，俯首道："陛下节哀。"随后，所有的朝臣都跟着他跪了下去。黑压压的膝盖落在我的面前。沈暮景再抬起头时，眼里已经看不见悲痛的痕迹，只有寂静的坚韧。

引子

“暮景哥哥，飞起来了！”

春日原野上桃花盛开，小女孩抓着纸鸢跑在前面，汗湿的脸庞上笑容闪闪发光。白衣少年微笑跟随，桃花像雨丝一样落在少年雪白的肩上。那风景，让四野明媚的春光也黯然失色。

“暮景哥哥，如果春天一直不走，该多好呀。”小女孩开心地将手中的线高高举起，满眼向往。

“有公主在，春天不是一直在么。”少年微笑。

一

“陛下？”

我缓缓睁开眼，原来自己伏在案上睡着了。窗外风雨如晦，殿内灯火忽明忽暗。梦里不知身是客……只听太监在一旁试探着开口：“陛下，太傅已经在外面候了两个时辰，这秋深露重的，又下着雨，怕寒气侵了肺腑。”

我揉了揉眉心，起身道：“随朕出去看看罢。”

门外，沈暮景跪在雨中，山一般纹丝不动。我已不是桃花树下的小公主，而是君临天下的女帝。他，也不再是当年的白衣少年。

我淡淡将手中奏章全扔给他。竹简跌落在雨中，朱笔御批过的痕迹被雨水沁出血一般的红来。

“群臣无一例外请求我处死反贼舒乾，太傅一人反对，置朕于何地？”

沈暮景也不看那些奏折，只缓缓抬起头来。雨中他全身湿透，湿发紧贴着肩颈——曾经，鲜衣怒马的沈暮景被称为大周第一美少年，不知让市井多少琵琶轻拢慢捻，多少怀春少女低吟浅唱，此刻却只是苍白憔悴。唯有那暴雨也打不湿的眸子，清明如镜、清明如初：“陛下，舒乾是先帝唯一的子嗣。”

先帝？又是先帝！

我只觉得心口被什么东西揪紧，皇兄死后，我努力了这么多年，却仍然什么也没有改变——在沈暮景的心里，也许我从来就没有合格过。

那一刻，我的痛苦骤然紧成了沉闷的愤怒：“难道朕和朕的江山在你心里，还比不上一个死去的人吗？”

沈暮景的脸色顿时煞白，那一刻雨水从他的头发往下滴，我竟错觉这是泪流在他心里。

说出口的刹那，我就后悔了。因为，在我的话音落时，他整个人流露出深深的疲惫，仿佛这些年来繁重的朝务，终于让他不堪重负。

他依旧保持着跪在台阶的姿势，只说了四个字：“臣，尽力了。”他的声音轻得像喟叹，仿佛淡泊无心，又仿佛失望之至，那时，我与他尚有两尺的距离，突然，就看到他身子一晃，晕倒在冰冷的台阶上。

二

自我十二岁登基，沈暮景一直默默承担着所有的国事，我记忆中，他只病倒过两次。一次，是皇兄阵亡后，另一次，就是现在。

“凉州都督奏折，五县干旱。”

“右将军奏折，西北战事粮草奇缺。”

“礼部尚书奏折，科考舞弊试卷作废。”

……

几日来，我处理着堆成小山的奏折，每天不到三个时辰好睡。沈暮景病倒的这些天，我才真正体会到他的不易。

搁下手中的笔，我望了一眼窗外明朗的朝阳，突然想到了皇兄爽朗笑着的眼瞳，那么明亮威严，没有一丝阴霾。他总是大笑着将我抱起，揉我的头发，叫我的小名：“云儿。”

天子守国门，皇兄，是我朝开国以来最强大的帝王，没有之一。他是所有人心目中永远的太阳。

而那时，沈暮景为相，他们君臣同心，在高高的城头指点江山时，无边山峦都匍匐在他们脚下，晨曦辉煌，一身白色飘逸的长袍，一领青色威武的战甲，盛世的理想在两个男人击掌对视的笑声中化为豪情。

可怕的变故，发生在那一年的秋天。

北方边境受扰，御驾亲征的皇兄在战场上突然中了流矢，支撑回到京师不到十日，就与世长辞。那时，我记得皇兄临死前握着沈暮景的手，说：“云儿还小，我把她和天下，交托给你了。”

离雁叫声凄厉惊悚，我放声大哭，皇兄那曾经抱过我的大手，那爽朗的笑声，却再也不会回来了。

沈暮景却没有流泪，他的脸色只是苍白下去，再苍白下去，像凝固了的雪原，永远不再融化成眼泪。

我看见他一撩衣袍跪在我面前，俯首道："陛下节哀。"随后，所有的朝臣都跟着他跪了下去。黑压压的膝盖落在我的面前。沈暮景再抬起头时，眼里已经看不见悲痛的痕迹，只有寂静的坚韧。

皇兄的临终遗言，改变了我的一生。

他没有把江山传给唯一的儿子舒乾，却传给了我——十二岁的庐陵公主舒诗云。从那时起，舒乾便对身为姑姑的我投来冰冷仇恨的目光，他看我的眼神就像刀子剐骨一样尖利。

今年在御花园的中秋宴席上，年仅八岁的舒乾用一柄寒光凛冽的匕首，直刺向我的心脏。若非有右将军阳关雁拼死护卫，我已经身首异处。

吏部尚书、刑部侍郎、大理寺少卿……群臣纷纷请求我处死反贼舒乾。那孩子还未成年，他要杀我，也许是受人利用。但无论如何，谋逆行刺罪无可赦。

我登基以来，一步步淌着血和火走过来，而始终在我身边的沈暮景，是支撑我走到今天的力量。

只有这件事，沈暮景一人力排众议，坚决反对。

"皇上，太傅醒来了！"太监通传道。

我恍然回过神，只觉得阳光突然一亮，立刻起身："摆驾到太傅府。"

急切之下，我竟没有发现手边还有奏折，一片哗啦之声，竹简被衣袖带翻了满地。

太傅府中，流水小廊，依稀江南烟雨杏花。

我的脚步走得格外急，终于看见了那个熟悉的白衣人影儿。似乎是听见了脚步声，他回过头来。

一回首，妙成淡墨山水里淙淙流淌的一泉溪水，惊成皑皑雪原破冰而立的一抹竹新。

我停住脚步，一时竟看得痴了。

多年前，皇兄还在世时，沈暮景的唇角仿佛总是带着笑，融化着少年的心事敞开在无边的月色中。而那场变故之后，他的眸子不再光辉璀璨，取而代之的，是包容一切的宁静暮色。

我心中疼痛，想起了雨中的争执，一时竟然不知道该怎么开口。

"陛下。"沈暮景快步走上前来，朝我行礼："臣不知御驾到来，有失迎之罪。"

"快起来。"我一见他的白衣跪在冰冷的青石上，立刻也顾不得其他了，伸手扶他起来——不是君王常用的虚扶，而是整个手托住了他微凉的手臂。

沈暮景似乎也感觉到了，略略一怔，他大病之后的身体毕竟虚弱，也就没有执意君臣之礼，任我扶了起来。

"外面寒气重，进屋里去。"我朝掌心呵了一口气，指指屋内。

因为风寒病人怕冷，屋内生着火，难免有些烟熏气，沈暮景对身边的侍从说："将火炉灭了。"

我摆手："不必，朕冷着呢。"

沈暮景看了看我额头上的汗珠，我尴尬地笑了一声，朝左右道："你们都下去，朕有话和太傅说。"

等人都走了，门被关上，也许是屋内太热的缘故，我来回踱着步子，半晌才终于开口："这些天，朕想通了。"

"朕虽贵为一国之君，毕竟不够自信，其实还是惧怕悠悠众口，才急于处死舒乾。法理固然如铁，朕也要顾及人伦，太祖皇帝遇到太子谋反，也只是流徙边陲，不舍骨肉亲情。"

沈暮景一愣，终于露出由衷的微笑："皇上，你长大了。"

"朕小时候，皇兄和你两个就是朕的天。现在皇兄过世了，连你也要不理朕，让朕失去另外一半的天空吗？"我眼睛有些酸涩："你这一病，朕没有了依靠，很多道理就只有一人独自想明白。"

"对不起。"沈暮景眼中露出心疼的神色，像小时候一样，伸手摸了摸我的头。

——自从我十六岁亲政以来，他和我之间，再没有这样亲昵的小动作了。

不知为何，我的耳根微微热了起来。

"陛下登基以来一直谨言慎行，勤政爱民，几乎毫无过错可挑剔，但臣小时候，母亲对臣说，偶尔风寒发烧未必是坏事，从来不病的人，一旦病起来往往可怕。"沈暮景微笑说："疾风知劲草，陛下偶尔也不妨让朝堂上吹进一些劲风。"

他的话语，像清冽的泉水一样流入人心。

我出神地看着他，用力点了点头。

从头到尾，沈暮景压根儿没有提我那天说的糊涂话，我也不好意思再提，虽然我在人前已经是天子了，但在他眼中，我始终只是个小孩子吧。

等沈暮景的身体稍微好一些，便提议到牢狱里看望舒乾。我不忍心拂逆他的意思，虽然我打心眼里不愿再见到那孩子。

八岁的孩童蜷缩在稻草堆中，像是一只不甘心的小兽。

他的脸全浸在昏暗的阴影中，有着与年龄不相称的狠厉，看到我们，孩子冷冷笑："你终于来杀我了。"

我眉头一皱。只听沈暮景温言道："皇上只是来看望你。"

"别假慈悲了！"舒乾暴怒地站起来，眼睛通红像嗜血的幼狼："这江山本来是我父皇的，也就是我的！"

他嘶声吼叫："是你们，抢走了我的东西！"

在我的记忆里，沈暮景对所有人从来都和颜悦色，但这一次，他却沉了脸色："殿下，江山从不是哪一个人的。君为轻，社稷次之，民为重，这天下，任何时候，都是天下百姓的。"

"哈哈！"舒乾放声冷笑："你们杀死了我爹，夺了皇位，还要在这里冠冕堂皇虚伪做作！"

不仅是沈暮景，连我也悚然心惊。

"是谁教你这些的？"我听得到自己的声音冷得像铁，沉沉透着杀机："是你的母妃吗？"

舒乾的母亲出身卑微，也有人说她出身青楼。皇兄在位多年独宠皇后却一无所出，皇后贤德温婉，为他物色了许多美女，舒乾的母亲就是其中的一位。自从诞下这个孩子，她便被封为妃。

“天下人都知道，关我母妃什么事！”舒乾终于露出警惕神色，像野狼幼崽一样盯着我们。

“陛下！”沈暮景看着我沉下的脸色，轻按住我的手，摇摇头。他的脸色苍白得可怕。

我闭目深吸一口气，压抑住怒火，拂袖而去。

自从走出牢狱，沈暮景的脚步就有些虚浮，让我不禁担心大病初愈的他，怒气渐渐被担忧冲淡，扶他在车辇中坐好。

“这件事，可能不关赵贵妃的事……臣听过，民间也有传说，说臣谋杀了先帝，篡权夺位。”沈暮景的眸子直视着我。

这样惊骇的话，他竟然平淡如水地说了出来。

我一时分不清他是为了给舒乾母子开脱，还是的确有流言在市井坊间，只觉得心惊肉跳。

“那时——”沈暮景缓缓闭上眼睛：“敌军那一支箭，本来是射向臣的，先帝为臣挡了那一箭。”

我从没有听说过这件事，双手颤抖，说不出话来。

我只知道，当年的战场上，皇兄战无不胜，所到之处士气高涨，他和沈暮景十年知己、生死相交，外人永远不会明白这份情义。

“那时，先帝中箭之后仍然大笑，说：‘朕曾经身中八箭，还喝了几大碗烈酒，这区区一箭，朕受得起。’没有人想得到——那支箭上有剧毒。”沈暮景说这些话时，仍然没有什么表情，只是睫毛抖动得厉害。

他整个人仿佛要在阳光下融化一般，我突然伸出手，紧紧抱住他：“我知道！这些年，你一直希望当时中箭的人是你，你只希望能代皇兄去死……可是你辅佐我五年，燃烧心力，这份舍命相陪，比战死沙场更加艰难。”

一滴泪猝然从沈暮景苍白的脸颊滚落下来，落到我的脸上，滚烫。

“我饶了舒乾母子，”我撩开车辇的帘子，万丈朝阳顿时洒入我的眼瞳：“留着他们的性命，让他们看一看，你我怎样将这天下治理得万民安乐，四海升平！”

三

太极殿内，金色的阳光照在雕龙的梁柱上。

“如今，许多地方官私仓廪不够用，白米会流溢出来，一整年刑部审理的盗窃杀人案件不过五起，边陲蛮夷纷纷前来朝贡。甚至连远在几千里外的小岛国，也来进贡称臣。皇上治理天下能有此功绩，实属难能可贵。”老太尉跪拜称颂。

斗转星移，已过三年。

虽然这番话不乏恭维的意思，但如今，我朝的国力与之前的确不能同日而语。皇兄在位时，威武之师令四方臣服，不过征战用兵耗费大量银粮，国库空虚。我听从沈暮景的治国方略，对四方蛮夷怀柔安抚，轻徭薄赋，鼓励耕织，改善百姓生活，又是另一番景象。

“如今天下安定，皇上也到婚嫁之年，理应考虑挑选皇夫一事。”老太尉试探地说。

这只老狐狸，原来这才是重点！

纵然这些年来我已经历练出泰山崩于前而色不改的定力，但听到自己的婚嫁之事，还是不能谈笑自若——

因为在这一刻，我脑中浮现出一个人的影子来。

老太尉小心翼翼观察我的脸色："臣等在一起商议，沈太傅才华横溢、德被天下，是皇夫的不二人选。"

我瞪着老太尉，突然想起我和贴身宫女瑞阳的一次对话来。那时，瑞阳说："陛下和太傅之间的情意，只要不是瞎子，便能看得出来。"我冷哼一声："看来是朕平时把你放纵惯了。"随即闷声道："有那么明显吗？"瑞阳扑哧一笑："沈太傅一向谦雅内敛，自然不会有任何所逾礼，但眼神却是不由人控制的，只要陛下和太傅对视，便再容不下第三个人。恐怕寻常百姓家的恩爱男女，也不过如此。"

那一次，我很丢脸地在宫女面前，红了耳根。

后来许久，我都刻意不去看沈暮景的眼睛。但只要感觉到他的气息在我周围，我的心就会像小鹿般跳起来。

老太尉适时地告退，却掩不住笑意："臣等的奏折放在这里，请陛下慎重考虑。"

这天，我见到沈暮景时，总觉得有些不自在，不知道老太尉他们有没有先把奏折给他看。

"陛下怎么了？"沈暮景似乎也发现了我的不寻常，关切地问。

"咳。"我清了清嗓子："今天孟太尉和我说了件事情——"正考虑着要不要在这个时候把事情告诉他，突然听太监来报："阳关将军求见！"

沈暮景顿时眼前一亮，看了看我，我笑道："快请！"

这么多年来，只有两种朋友能令沈暮景心折，一种人有与他并驾齐驱的智慧，另一种，有高洁光明的正直。

右将军阳关雁是后一种。

只见一个高大俊朗的少年走了过来，虽然没有穿铠甲，却自有沙场肃杀的冷峻。他先朝我行礼，接着恭敬地朝沈暮景行礼——每次见到年轻的沈暮景，他都会行师长的礼仪。看得出，以狂傲闻名天下的少年将军，对沈暮景很是崇拜。

沈暮景微笑执了他的手，询问西北的情况。

阳关雁年少，说话非常直接，经常在朝堂上得罪文官，这一次也不例外，他毫不委婉地说："末将今夜就会赶回漠北，特来向陛下和太傅辞行。如今边防稳固，蛮夷不敢来犯，但陆将军调动川蜀五省的兵将，末将认为大大不妥。"

我脚步一顿。

负责京城防卫的是左将军陆雄。与阳关雁不同，陆雄谨慎而深沉，为人处事滴水不漏，几乎从来没有说错过话。当然，三十七岁的他带兵也很有一套，我向来倚重他。

"京城最近换防的士兵也尤其多。"阳关雁继续说："请陛下和太傅多加留意。"

秋风萧瑟打落红，是夜，下了一场雨。

我半夜醒来，心头莫名不安稳。瑞阳连忙挑了灯烛，看见我的脸色，她担忧着急道："陛下这是怎么了？满头冷汗的，我去叫王御医来！”

“没事，”我定了定神：“只是做了噩梦。”

我梦到了皇兄浑身浴血地看着我，似乎有什么话要对我说，我却听不清。最近几年，我已经很少梦到皇兄了。

这时，殿外传来纷沓的脚步声。

似乎还有刀剑撞击的铿锵之音，瑞阳立刻警觉，冲到门口。我也立刻披衣起来，只见瑞阳脸色苍白，喝了一声：“陛下，别过来！”

门沉闷地响了一下，似乎有人重重撞在门上。

我一把从墙上抽出天子剑，瑞阳护着我从后门走，我们刚冲入清凉的夜色里，立刻有浓重的血腥味传入鼻端。

地上都是横七竖八的侍卫和太监的尸体。

两队骑兵突然左右横出，拦住去路。我立刻认出了他们的铠甲——是左将军麾下的紫金甲！

为首的那个举起大刀朝我砍来，我本能地举起手中的剑相迎，一瞬间只觉得手臂剧痛发麻——他的力气如此大，我绝不是对手！铺天盖地的刀光凌厉席卷而来，只见瑞阳冲过来扑在我身前！

跟了我十年的侍女的胸前被长刀贯穿，嘴角流出鲜血，痛苦而急切地说：“陛下，快逃……”

“瑞阳！”我大喝一声，强忍住即将夺眶而出的泪。

那骑兵冷酷地一刀将瑞阳的尸体挑到半空中，再重重摔到不远处。“砰”地一声，少女的尸体砸在尘土中，在黑暗中泛起血色的薄雾。

更多的士兵如潮水般涌来，我孤立无援，死死握着剑站在黑暗的叛逆人群中。今日，我要死在这里了吗？

突然，一阵马蹄声疾如闪电冲开人群，长剑过处鲜血飞溅，男人身披青色战甲，就像当年的皇兄一样，挥剑斩开疾风骤雨，只听熟悉的声音在我耳边沉声炸开："陛下！"

他一把将我带上马背，护在他的身后。

那一刻，我知道自己获救了。

我的心脏仍然在狂跳，但我能感觉到沈暮景的心跳和我在一起，于是我不再恐惧。铁甲里仿佛渗出他的体温，他的战袍如同一片风雨不侵的天空，将血腥隔绝在外。

更多的砍杀声在我耳边响起，月色冷冽，骏马狂嘶，沈暮景杀出一条血路，但我知道，我们身后的士兵也越来越少。

直到刺耳的砍杀声终于在夜色中宁静下来，马匹奔驰的速度才稍微放缓。我们应该已在皇城三十里外。

"你对今夜的变故早有准备？"我深吸一口气，问沈暮景："还有多少兵力？"

"出发时四千，现在损失过半。"沈暮景的声音低沉："我没有想到，陆雄下手如此之快。"

我仰头看他，突然发现他的眼里竟然有一些我从未见过的，不稳定的东西，那是——什么？

这时，我的身体突然被沈暮景紧紧抱住！他抱得那样用力，甚至能让我感觉到他几乎要冲出胸腔的心跳，如战鼓，如激越的雨点和汗水，如不能失去的最后一丝希望，他声音低沉道："对不起。"

那么稳如泰山的男人，眼里闪出令人心疼的慌乱——在看到我在叛军包围中时，他眼里也是这样的神色。

我从来没有想过，让人如沐春风的沈暮景会使出那样悍勇的剑法，剑下会有那样冷酷无情的杀戮。

血腥的风暴中，我看到——自己的身影，占据了他整个眼瞳。

“这里地势险要，易守难攻，夜间浓雾更不易搜寻，他们暂时追不上来了。”沈暮景勒马停在一处密林中，让疲惫的人马暂作休整。

我们清点了人数，还剩八百五十三人。我的侄子舒乾也获救了，受了些轻伤，被几个士兵保护着。在如此危急的时刻，沈暮景仍然没有抛下他。孩童显然也被这次的变故吓坏了，不再嚣张地盯着我们，安静地躲在角落一言不发。

“将陛下和昭王殿下带去休息。”沈暮景吩咐左右。

我执意和他一起指挥兵士们搭起临时的营帐，安置了伤兵，忙到大半夜才终于能休息。

这时，沈暮景身形明显一滞。

“怎么了？”我慌忙扶住他的身子，这才感觉到铁甲之下他的手臂冰凉，而几丝暗红的血迹，从他腰间缓缓渗出。

我扶他进入帐中坐下，将他身上的铠甲除去，只见白衣上一片触目惊心的鲜红。我的手微微哆嗦，只听他温和低沉的声音说：“不要紧，陛下，替臣取些酒来。”

如今我们只剩下数百人，士兵们虽然忠诚，但情势凶险危殆——这时，沈暮景就是他们所有的仰赖，他的伤势，绝不能泄露。

我听到自己的声音像从冰窖里捞出来一样，牙齿微微打颤：“好，我去拿酒……”

半囊烈酒摆在沈暮景面前，他一手按住腰间的伤处，一手打开酒囊，不等我反应过来，他已经把酒悉数倒在伤口上！

“暮景！”我惊恐地扶住他，只见他整个人剧烈地颤抖了一下，脸色最后一丝血色也褪了下去。他喘息片刻，用虚弱却坚定的声音说：“陛下放心，臣不会离开的。”

那一刻，我的眼圈蓦然红了。

逃亡这种经历，你若经历过一次，此生绝不想再经历第二次。

我们在黑夜里马不停蹄地行军，四面八方都是陆雄的埋伏和兵力，饥饿、疲惫、困顿。我已经三天不曾睡眠，只要一闭眼，就能想到那日射向我头颅的箭矢，逼向我身前的火光。

沈暮景整个人比以前更加苍白，却在面对士兵时，总是露出那让人心中安稳的微笑。

“陛下，臣收到飞鸽传书，阳关雁将军的勤王之师已经赶到洛阳！”

这天，我正在溪水边洗脸，只见沈暮景快步朝我走来。这么多天了，他的脸上第一次被金澄澄的阳光笼罩。

也许是太过激动，他的手握住了我的。我惊喜地站起来，顿时感到希望从指尖一直传到了我的心底。

四目相对，我突然有一个念头——若能度过这一劫，我永远，也不会放开面前这个男人的手。

四

洛阳城外。

城门隐约可见，士兵们满是灰土疲惫的脸上都露出光彩来——只要进了城，便有了胜利的希望！

这些天，陆雄昭告天下宣称我暴毙而亡，他自封辅国大将军侯，统摄国事。朝中忠臣不愿与他同流合污的，惨遭杀戮的不在少数。即便如此，仍然难堵天下悠悠众口，民间百姓起疑，四方边将人心不稳，他也不敢大张旗鼓地追缉我们，只能暗中伏击。

也正是因为他的“不敢”，我才能在沈暮景的保护下东躲西藏，活到今天。

自从沈暮景的飞鸽传书和阳关雁联络上之后，右将军勤王之师立刻揭竿南下，与叛军正式交锋。情势逆转，如今两军分据南北，势均力敌，双方所能依凭的最终也是最重要的底牌——就是我的性命。

我们的人马刚出现，就发现陆雄已在四个城门外布置了箭矢阵。那辆载着我、沈暮景和舒乾的战车向城门口开去。

沈暮景指挥士兵制作了十辆战车，为洛阳城外的恶战做准备。

战车厚重坚实，可以抵挡箭矢，轮轴在近身肉搏时还可化为长矛——据说在对戎狄的一场大战中，他和皇兄曾经使用过。尽管如此，很快有几辆战车翻倒在地，人命被碾成血泥，将大地染红。掩护我们进城的最后两百勇士，在短短数十丈的距离里，不断折损。

而洛阳城门近在咫尺，我心头突突直跳。

突然，身后飞来一阵箭雨。拖车的马匹痛嘶一声，翻倒在地，战车倾斜过来，我们几人滚倒在地上。

我绝望回过头，只见陆雄策马在军队中间，旁边还有一个女人，面孔似乎有些熟悉。

“陛下快走！”沈暮景将翻倒的车扶正，把我和舒乾抱到车上，他自己将车用力一推，战车顿时向前滑行！

可是我身边的舒乾，不知道看到了什么，突然从我身边跳下战车，转身往回跑！

“舒乾……”沈暮景只叫了一声，就停住了，他肩上中了一箭，鲜血涌出，我一时只觉得肝胆俱裂，厉声喊：“不——”

在我泪雾蒙眬的视线中，那志在必得的箭雨不知何时，竟然停了下来。而趁这个时机，舒乾已经跑到数丈开外。

眼见孩童小小的身影冲入箭雨之中，沈暮景脸色煞白，挣扎着要冲过去阻拦。

但是已经晚了。

一箭射入了舒乾的背心——箭却不是从陆雄的阵营里射出来的，而是来自我方。

是阳关雁！

少年将军带领士兵冲杀过来，拈弓收箭，如闪电般策马上前，一把将沈暮景捞上马背！

援兵潮水般涌出，我和沈暮景被护送到洛阳城。此后，战事只持续了一日，我军大获全胜。

陆雄没有死，狼狈地被他属下归降的兵士绑住，交到我面前。

面对胜利，操劳数月的沈暮景却没有一点喜悦的表情，任由军医为他包扎伤口，一动不动。我担忧地轻轻握住他的手，这才发现，他的手冰冷得厉害。

阳关雁浑身浴血走到我们面前，胸口破了两个箭洞，仍然渗着血。少年勇猛如虎，这一仗，他是第一功臣。

沈暮景站了起来，我以为他会像往常一样拍着阳关雁的肩膀，给他一个肯定鼓励的微笑。但是他却挥出拳头，“咚！”地一声，所有人都惊呆了。

阳关雁的脸被打得侧了过去，鲜血流出嘴角。

“谁让你伤他的？”沈暮景颤声厉喝。

榻上，舒乾静静地躺着，军医正在满头大汗地救治。

我的心也揪紧了痛苦，但这痛苦——远远不及沈暮景的。皇兄是他这一生最重要的兄弟，这个孩子，哪怕不肖，仍然是他活下去的支撑。

我屏退了左右，营帐里只剩下我们几个人。阳关雁傲然直视沈暮景，眼底没有一丝悔意。沈暮景手微微颤抖，胸膛剧烈起伏。

“叛军之所以停止射箭，正是因为他。”阳关雁指着昏迷的舒乾：“我们抓到了陆雄的贴身侍从，才知道，这个孩子，根本不是先帝的！”

我霍然站起，一时头脑如遭雷击，乱哄哄的：“你说什么？！”

“他是赵贵妃和陆雄的孩子。”少年将军脸上神色冷傲，声音却激愤。

我愕然盯着他，半晌又颓然坐下——后背满是冷汗。这场反叛，其中竟然有这样的惊天阴谋……

片刻之后，赵贵妃被带了上来，我这才想起，当时在战场上看到的女人就是她。而舒乾恐怕也是因为看到了她，才飞奔过去的！

“你们伤了他，你们竟然伤了他！他是要做皇帝的人，他是天子！”赵贵妃扑到舒乾身边放声大哭。

原来，这么多年来他们处心积虑，就是寄希望于通过这个孩子篡位。

沈暮景眼底一片痛楚冰凉，过了许久，他缓缓说：“我明白了……那场战役前夜，我看见先帝一个人披衣站在星光中，背影寂寥。这么多年我从来没有见他在大战前分心过。现在想来，那个时候他就对乾儿的身世有所觉察吧。”

他的声音很平静，但正因为平静，更如同大海一样压抑着风浪汹涌的悲怆。

我也明白了，皇兄当时为何做出让所有人都不理解的决定——将皇位传给我。

因为那时他已经有所觉察，舒乾并非他的血脉。如果没有这件事让他分心，也许……他就不会中箭。

生命没有也许，历史不能重演，失去的亲人一旦分离，就是永远。

这些人，是间接害死皇兄的凶手！

杀机在我的胸膛里凝聚成冰，耳边传来赵贵妃怨毒的声音：“先帝根本就不曾爱过我，他眼里只有皇后……我在寂寞的宫中，一日日红颜虚度，我不能这样浪掷自己的一生！我必须有一个孩子……”

我举着剑朝她挥去，我想自己的表情一定很可怕，因为赵贵妃惊恐地尖叫起来。突然，我挥剑的手腕被人牢牢抓住。

“造反叛国，他们必死无疑。”阳关雁按住我的手臂：“但，他们不值得脏了陛下的手。”

少年慢慢夺过我手中的剑，突然一剑刺出，赵贵妃来不及惊叫便气绝身亡。

“哐”地一声，少年将军收剑，回鞘。

被五花大绑的陆雄看着地上的尸体，突然凄厉放声大笑：“天意，都是天意！我竟然败在阳关雁你这黄口小儿手中！三年前，我就该反啊，那时你舒诗云羽翼未丰，朝中无将，我却因为你们放过了乾儿，而犹豫了——当断不断，让你势力长成，才落得如今如此下场！”

他虽是垂死挣扎，我却听得蓦然惊悚，冷汗从脊背流下。

若是我当时执意宣布处死舒乾，陆雄和他的势力必然立刻举起反旗。那时我根基未稳，根本没有获胜的可能。

沈暮景的一夕善念，竟然挽救了天下江山。

血腥在微凉的晨风中散去，燃烧四个月的战火，终于熄灭。

只见沈暮景缓缓走到营帐外，对着北方跪了下来，深深磕下头去——

皇兄葬在北方的陵寝，那沉睡的宫殿，被连绵的山峦烘托成故国雄壮的剪影，沈暮景的目光，始终沉甸甸地望向那个方向。

他的白衣像是凛冽风中的一枚雪花，被无情的阳光照射成水滴，那是久不曾见的泪水，滑落在他的脸上。

五

三个月后。

女帝大婚，宫殿内洋溢着喜气，将冬日的寒冷驱逐得一点儿也不剩。

我身着喜服端坐在龙床之上，欢喜和紧张如潮水一波波拍打着我，原来，出嫁的心情，我和任何一个女孩并无不同。

不知过了多久，沈暮景进来了。我的夫君身形修长如芝兰玉树，衣襟间传来淡淡的酒香，平素略显苍白的脸被酒晕点染，如桃花般清隽鲜活。

“陛下也累了一天，可需要叫人打些水来洗漱？”他脱下厚重的喜服，关切地问我。

“皇夫不必客气。”我大咧咧地往他怀中一坐，如愿看到他温柔宠溺的笑容，将脸埋进他白玉般清凉的颈脖里：“朕等这一天，等了好多年，终于遂了贼愿。”

外面，起居注史官拿着笔，一笔一画认真记下：永德七年，帝新婚，曰：等了好多年，终于遂了贼愿。

一切归零

又或许，女人其实只是视觉动物，比男人更好于颜色。初次见面时他侧脸那一眼的惊艳，足够一生的想象。

一

夜晚，上海滩繁华似一只巨大的水晶酒杯，灯光如血，在杯中轻晃。

一辆黑色的豪华轿车停在锦绣饭店门口，车窗徐徐降下。一个黑衣保镖拉开车门：“林先生，请上车。”

“你不能走！”突然一声大叫从身后传来，只见一个服务生模样的女孩焦急冲了过来：“有人要暗杀你！”

男人回过头，人人畏惧的枭雄，一张脸竟苍白清凛如雪夜。他抬抬手，拼命挣扎的女孩被保镖架到他面前，其中一个说：“没有枪，也没有武器。”

“她！”女孩指着挽着他手臂的美丽女人：“她在饭店扔掉的丝巾上有字！”

“你胡说什么？”女人像突然被蜜蜂蜇了一下，妆容精致的脸孔神色大变：“阿亦，我没有……”

林亦面沉如水，略微颔首，保镖松开女孩的一只胳膊，她立刻从怀中摸出一方丝巾——苏州古香丝绸，浅红蔷薇绣花，正是刚才在饭店里，侍应生不小心打翻了托盘，美女擦过身上的酒污后随手扔掉的一条！借着路边灯光，清晰可见四个字：芳甸路口。

林亦的目光如电扫过女人的脸，后者脸色惨白："不，不要听信她……这是栽赃！"

"上车。"林亦转身上车，几个保镖随即跟上，被枪抵着的女孩满脸涨得通红焦急："我说的都是真的！你们相信我！芳甸路口有暗杀伏击！"

女人浑身簌簌发抖，美艳的风度荡然无存。车门缓缓而无情地关上，林亦没有叫她上车。

轿车从容启动，黑色的车身很快隐没融化在夜色中。

芳甸路。

"砰砰！"激烈的枪响突如其来炸开在黑暗中，死亡的气息笼罩了整条街道，女孩一声大叫，只见失去控制的黑色轿车朝旁歪斜冲去，掀起烈焰大火！

数十个人影从黑暗中闪出来，朝起火的轿车包围过去，却突然个个像发疯一样手脚抽搐，雪白车灯下，可以看到他们都成了血人，子弹打在他们身上，就像打在一块块破布上一样。

枪林弹雨许久才停了下来。

几十米外，停着另一辆黑色长车。

林亦在车内优雅地仰靠着，脸色还是冷如雕塑的白，不见喜怒，旁边的女孩吓得浑身发抖："原来……你早有准备？"

"为什么提醒我？"林亦阖眸发问。

"我是北平大学的学生……"女孩咬着嘴唇，脸上却泛起激动的红潮，如同清晨朝阳无畏："我们组织了救亡队伍，专程为你到上海来。"

林亦看了她一眼，她只觉得那目光刹那如闪电，让她的灵魂也一个激灵。

“学生？”林亦似乎有些疲惫：“这里不适合你，回北平去吧。”

女孩的神色黯淡下来，乌黑的眼睛慢慢泛起水雾，她沉默了半晌，才说：“闻一多先生是我的恩师，他被暗杀的那次演讲，我从头到尾都在。”

车内一时寂静。

“很多进步人士都被暗杀了，你的处境绝没有自己想象的那么安全！”女孩的语气中除了担忧，还有一丝不知道别的什么。就在刚才，林亦睫毛一动，眼瞳中的闪电被密云遮住，侧面看去竟是动人的清隽。

林亦，上海滩的黑道枭雄，地下党在患难中仅存不多的朋友。他杀人如麻，也救人无数。

谁也不知道他到底是一个什么样的人。

“我会继续尽一切力量保护你。”女孩坚定地说完，又轻声补了一句：“我跟踪你半年了，你是好人。”

林亦的嘴角弯出一个好看的弧度：“好人？”

第二天。

上海滩歌舞红星蒋彤彤的尸体在家中被仆人发现。破烂不堪的尸身上密布三十多个弹孔，血已经流干了。

她是跟随林亦最久的女人，也是昨天被丢弃在黑暗中的女人。

大街上，报童扯着嗓子叫卖：“号外！号外！歌影红星蒋彤彤在家中被枪杀！……”

二

那之后，女孩经常出现在林亦周围。

她有时是身着男装的服务生、人力车夫，有时是卖玉兰花的小姑娘、擦皮鞋的工人，甚至路边的乞丐。林亦从来没有和她说过话。

三个月后的一天。

锦江饭店门口，保镖簇拥着林亦走出来，正是中午，太阳光雪白刺眼，突然一声枪响，林亦的一个保镖应声倒下！

四周顿时一片混乱，倒下的保镖胸口中弹，剩下的几个朝着枪声响起的方向射击，街上的行人纷纷尖叫逃窜，饭店不远处卖馄饨的摊点被撞倒，锅碗瓢盆砸烂了一地。

“趴下！”一声厉喝，乞丐打扮的女孩突然冲出来将林亦扑倒在地，只听“轰”然一声巨响，铁锅碎片和馄饨像子弹般被炸向天空，来不及躲避的行人被炸得血肉横飞。

一片火海和气流的冲撞中，林亦愕然抬头，只见女孩趴在自己身上，血从低垂的头颅上流下来。

“背部的炸伤严重，休养半年可以基本恢复，疤痕肯定是留下了的。”医生韦国梁神色有些凝重：“但最严重的是腹部中的一颗子弹，她以后都不可能生育了。”

女孩扑过来的时候，保镖本能地朝她射击，虽然没有射中她的心脏，却让她腹部中了一枪。

在那次暗杀中，林亦的六个保镖被打死了一个，炸死了四个，剩下一个也炸残了腿，永远不能再干这一行了。林亦给了他足够下半辈子挥霍的抚恤金，派人将他送到北方养老。

“需要通知她的家人吗？”韦国梁问。

“……”林亦的脸色很难看，他甚至不知道她的名字。如果她就这样死了，他可能终其一生也没有机会得知。

听不到回答，韦国梁有些不解地望过来，只见林亦揉了揉眉心，紧锁的眉宇却没有舒展开，突然身体猝然朝旁倾去，茶几上的水杯被带翻，发出“哐当”惊心的碰撞声。

韦国梁冲了过来：“林先生！林先生！”

其实只是短暂的昏厥，在打翻的茶水洒到脸上时，林亦已经清醒过来了。他轻轻挡开韦国梁的手臂，声音低沉：“给老张带一个口信，启动C计划。”

林公馆内，多了一个年纪轻轻的姑娘。上下都有些好奇，林先生有很多女人，但从来没有一个带回过家里。

女孩是个大学生，虽然伤得严重，却乐观地微笑，能下床后就拄着拐杖在院子里走动。

这天，女孩在院子里蹲着，饶有兴味地看着什么，身后突然传来一个沉厚的声音：“看什么？”

“林先生？”女孩抬头，只见他没有穿平素的黑衣，却披着一件白色外套，阳光下清俊得炫目。

芝兰玉树。不知怎么回事，女孩脑海里就冒出这个词，她顿时有些紧张，吞吞吐吐地说：“我……我在看蚂蚁搬家。”

林亦微微拧起眉，地上果然有一条黑线在移动，入冬之后气温骤降，这恐怕也是今年最后的蚂蚁了。

“蚂蚁虽然弱小，齐心协力也能对抗冬天的严寒呢。”女孩笑起来乐观可爱，四周似乎也不那么冷了。

“你叫什么名字？”林亦问。

“啾啾。”女孩小声，有点紧张。树上的冻雀也叫了两声。

林亦显然没有听懂。感觉到他落在自己脸上的目光，女孩脸红，紧张低下头：“周周，我说……我叫周周。”

半年的时间，林亦又送了四批军火和五批粮食到东北、陕北。

这些消息，周周是从韦国梁那里得知的，在日本留过洋的韦医生不仅负责林亦的健康，而且是他的事业伙伴。周周自从爆炸受伤，就失去了和同志的联系。

生性开朗的韦医生和周周很谈得来，从他那里，周周还知道，林亦的身体有些毛病，太累或精神紧张时，就会病发晕眩。但到底是什么病，韦国梁却含糊带过了。

这天夜里，已近凌晨，林亦的书房灯还亮着。

“林先生，你还不睡？”周周从门后探出半个头。见林亦并没有回头，她大胆地走进书房里。这里的布置很简洁，但灯光投下那个人修长的背影，却无端有种令人心安的气息。

在她即将走到林亦身后时，一道冰冷的枪管突然抵住了她的胸口。

刚才还背对着她的林亦不知道什么时候转过身来，眼底是她熟悉的如电犀利的目光。这一瞬间，周周觉得，那个在看蚂蚁搬家时惊鸿一瞥的林亦和他的温柔，都是幻觉。

“我无论在做任何事时，总有一只手握着枪。”林亦的声音低沉：“我从不相信任何人。”

女孩眼里的希望黯淡了下去，她有些不知所措，强忍的泪水在眼眶里不稳。

林亦缓缓收回枪。

“对不起，我不知道……会打扰你。熬夜的话，可以吃点东西……”周周语无伦次，手心捏着的几颗奶糖渐渐被汗水融化了。

林亦淡漠地说：“不要把心思用错了地方。”

周周的眼泪猝然落下来，她慌乱去抹，却挡不住。更尴尬的是，奶糖掉在了地上。

“对不起，对不起……”她急忙去捡。

林亦看着她哭，看着她满脸天真的羞愧，看着她无助的眼泪一颗颗惶然卑微掉落在地板上，突然皱起眉，有些烦躁地命令：“别捡了。”

周周一抬头，看到他严厉的脸色，眼泪涌得更厉害。她曾经是像野草一样坚强的姑娘，但此刻委屈软弱得无以复加。

林亦在屋子里踱了几步，突然扬起手！就在周周几乎惶然以为他恼火要打她时，那宽大的手掌一把拉住她的胳膊，将她拽起来：“够了。”

掌心温暖，泄露了他冷漠嗓音所隐藏的温度。

周周呼吸一窒，突然反手抱住他，紧紧地抱住那个乱世中最好的神话。这一次，没有枪管抵住她的胸口。

三

一九四七年的第一场雪。

周周在黑暗中想，自己是从什么时候开始爱上林亦的？是从她看到他脱下自己的大衣，给一个蜷缩在墙角的乞儿盖上时，还是听到他吩咐“把牢里那些学生救出来，世道不是这些学生搅乱的”的时候？

又或许，女人其实只是视觉动物，比男人更好于颜色。初次见面时他侧脸那一眼的惊艳，足够一生的想象。

那一夜后，周周趴在林亦玉石般的胸膛上，轻轻咬他修长的手指，问他：“我的伤也好得差不多了，你是不是会安排我离开林公馆，到安全的地方去。并且给我一笔可观的数目，让我下半生不必为生活发愁？”

林亦听懂了她的幽默感，却并没有笑。

“我不能给你什么，甚至不能给你一个孩子。”周周这女孩仿佛是属狗的，喜欢咬人手指，眼神黯淡下来时就湿漉漉的委屈，像耷拉着耳朵的小狗：“对不起。”

林亦轻轻抚摸着她背上狰狞的疤痕，没有说话。

他的表情淡漠，但手掌仿佛会说话一样，带着温热的感激和怜惜，把周周小小的肩膀握在掌中。

二月三日，凌晨六点钟。

电话铃声大作，林亦接了电话便立刻穿衣出门。中午一点时，电话打到了家里，是林亦的："下楼来。"

周周赶下去时，他的黑色长车已在等候。车上，林亦的神色少见的凝重："从今天起，你不能再住在林公馆。我给你安排了一个住处。"

"是不是有什么大事？"周周紧张地拉住他的衣袖。

"事情了结了我就去接你。"林亦没有回答她的话。

就在几个月前，东北野战军切断了长春至四平的铁路交通线，扭转了东北战场的局势。现在，胜利的希望正支撑着第四野战军在零下30℃的严寒气候下坚持作战。

"不！"周周快急哭了，她鼓起了很大的勇气，才敢对眼前的男人说出一个"不"字："我要跟着你！组织交给我的任务是保护你。"

"我交给你的任务，是保护自己。"林亦严厉地看着她："除此之外，你什么也做不了。"

周周眼底浮上一层泪光，她赌气地扭过头去，不再看他。

车子在一栋小楼前停了下来。

他领着她上楼，小楼有些年份了，脚踩在楼梯上发出咯吱咯吱的声音，黑暗中他的语气充满关切："保护好自己。"

那一刻，周周心口怦怦跳动，每一下都是疼，那样的他，那样的声音，令人无限不舍。她放弃了赌气，踮起脚来揽住他的肩，那么瘦硬的骨骼，他的眉眼间有沉郁的风华。

"你要活着。"她的手指深深嵌进他的大衣，没有哭。

月色从楼梯里照进来。他的眼睛比夜色更深广；眼睛是心的窗子，他博大的胸怀和内心，此刻都从这窗子里看得云生水起。

那一刻，她想要地老天荒。

四

十二个小时前，南京方面下了绝杀令。不仅要林亦的命，还要他手中一样东西——这东西，抵得过十个师。

入夜时分，荷枪实弹的宪兵包围住林公馆，可是公馆内静悄悄的，待宪兵们闯进书房，只见里面放着一个残烬余灰的火盆，所有有价值的文件和资料都已付之一炬。

林亦，终究还是快了一步！

黄浦江边，渡船鸣笛起航。

林亦的脸色格外苍冷，他的目光望向灯火辉煌的上海滩，那是昨夜的旧梦，和滩头浪花一样即将被历史的潮涌吞没。是否还有一些其他的什么？像流星般擦伤他的胸口，在最后回望的怅惘里，痛苦深如陨石。

“林先生，开船了。”一个门生说。

汽笛声中，巨大的轮渡排开黑暗的浪花，将星光缓缓碾碎。林亦正要返身回船舱，突然停住脚步。

顺着他目光的方向望去，门生也怔了一下。

在不远处，一个小小的身影正从黑暗中奔跑过来，渐渐在橘红色灯光里清晰的女孩，仿佛全身都着了火，单薄的身影化成了一只不要命的飞蛾。

她拼命在大喊着什么。

海风吞没了一切，船已起航，没有回头路。

林亦面无表情，转过身去。

女孩还在喊着，在码头刺目的光线下，保镖可以看到码头工人拉住了她，她拼命挣扎，就像第一次警告他芳甸路有暗杀时一样。只是这一次，她的抵抗充满哀烈的绝望。

寒风中大步朝船舱走的林亦，身形突然一晃。“林先生！”保镖急忙扶住他，声音让好几个人围了过来。

林亦挥开他们的手，眼底仿佛有一生一世的挣扎，终于，看着几人惊愕的神情，他冷冷闭上眼：“停船。”

女孩的裙角溅满腥咸的海水，满脸泪光不顾水湿冲上船扑进林亦怀里：“你要丢下我吗？你能带走三千门生，却不能多带我一个人？你……”她的话突然打住，因为在她身后，一声巨响，船锚被牢牢扣在了码头上。

上百个宪兵从天而降。

无数乌黑的枪管对准了船上。

“……”周周惊恐四顾，仿佛这才意识到发生了什么。

宪兵队长用虚伪的恭敬口气说：“林先生，我们受命前来拜访，请您将那件东西交予党国。”

一切的发生只在瞬息之间。

林亦的目光淡淡在对方脸上一扫：“东西已经不在我这里。我一千门生，已经走了三批，最后这四十条命，要看你有没有本事拿走。”

宪兵队长勃然大怒，“刷”地从腰间拔出手枪，但他的动作僵在了半空中，与此同时，血从他额头上两个硕大的窟窿上流下来，他难以置信地瞪着前方，朝后倒下。

冷月含血，林亦单手执枪，指向下方，“砰砰”！惊心的枪声掀沸了宁静的港口，黑暗的潮涌也狂怒起伏，周周被牢牢保护在林亦身后，脸色苍白，却没有恐惧。

宪兵的数量占绝对优势，而且越来越多。

“林先生，他们人太多了！”一个门生满脸鲜血朝林亦喊：“你快上船！”另外两人一对眼神，突然冲向船锚，一人掀翻宪兵，另一个将船锚用力拔起！子弹密雨般飞了过来，后面的那个背部几乎被打烂了，前面的也中了数弹，却用尽全身力气将船锚抛进浪涛中。

林亦神色一凛，朝剩下的人命令：“上船！”在宪兵们爬上船之前，几个门生冲到了缓缓离岸的船上，林亦一面朝身后射击，一面保护着周周朝船上撤退。

唯一的退路和生的希望就在眼前，林亦单手攀上船舷，想将周周举上去——

就在这时，一颗流弹飞了过来，林亦的肩膀剧烈一缩！

在他受伤动作迟缓的瞬间，又是一颗子弹飞了过来，他右腿一屈，不由得朝旁倾去，水花溅起！

“林先生！”船上的兄弟双目赤红，举枪朝下面拼命射击，但他们几近弹尽粮绝，就在这时，周周突然扑上去挡在林亦身前！

两声枪响。

一片黑暗。

“周周！”林亦厉声喝道。夜色如谜，女孩睁大眼，子弹打中了她的胸口，她吃力地仰起脸来：“对不起……”

林亦愕然接住她软倒的身体，这一瞬间，周围的枪声突然虚渺起来，世界在她圆睁的瞳孔里浓缩成了一个单调的死亡的符号，沉甸甸的晕眩中，他感到自己的血在她的泪水中渐渐变冷。

四周的枪声不知道为了什么，停了下来。

半跪在冰冷浪涛中的林亦，被剧烈的疼痛唤回神志，愕然抬头。

“你用了双手。”枪管抵住他的头，周周站了起来，一只手轻轻拉开旗袍的领口，里面露出一角黑色的防弹衣，她眼里沉着如谜的夜色，微微笑着：“刚才抱我时，你用了双手。”

曾经他说，无论何时都要有一只手握枪，他不信任何人。那时的林亦或许会死，但绝不会成为俘虏。

她无情地一扬手，将手里的东西扔进黑暗的浪花中。那是刚从他怀中摸出的手榴弹——原本，这从不离身的手榴弹会和林亦一起焚身以火，让他在死亡中保留最后的尊严。

“记得我说过吗？你要活着。毛人凤只是要你的性命，蒋公却出了更大的难题，他要活捉你。”

凄厉的风掀起女孩鬓角的乱发，“我忘了告诉你，我的本名叫蒋周周，我在世上唯一的亲人，是我的亲生姐姐，她叫蒋彤彤。”女孩说到最后三个字，轻咬下唇，眼中泪光细碎深寒闪过。

由南京国民政府秘密抚养大的一百个孤儿，都被赋予了总统的姓氏。他们千变万化，身怀绝技；他们不计生死，只要胜利；他们没有底线，只有忠诚。

“把C计划如实地告诉我，否则——”蒋周周眼底漾开一层脆弱，不辨真假："你受刑讯，我不忍心。"

林亦示意她低头，在她耳边说了几个数字："4、0、3、1。"他中弹的右腿上鲜血恣流，黑暗中洇开一片红。

蒋周周的心尖一颤，刀割般的深。

这就是谜底了吗？那她和他的一段生死纠葛，假戏真做，谜底又在哪里？

五

除了那串数字，不论如何严刑逼供，此后林亦再不发一言。被捕一周之后，牢中的他突然陷入深度昏迷。

一九四七年冬季，苏联的三百架火炮运送到东北，帮助第四野战军展开冬季攻势，国民党军被消灭超过十五万人，残兵败将被压缩在长春几处互相孤立的城市，东北解放区的面积扩大到全东北的百分之九十七。

医生检查发现，林亦的脑中有一个肿瘤，酷刑加重了病情的恶化，最终导致死亡——一九四八年三月，林亦于牢中逝世。蒋介石勃然大怒。

一九九九年，中国台湾。

年近古稀的老太太蒋周周在自己家中接待了一位故人，五十多年没有见面的韦国梁。

韦国梁掏出一张全家福给蒋周周看，老太太迭声说："真好，真好……”这些年来，她一直是一个人。战争的创伤让她无法生育，她也一直没有组成家庭。

他们谈到故人，韦国梁问：“他告诉你的数字，你后来想通了吗？”

“我后来才知道，C403 是苏联支援给东北的火炮型号。”蒋周周笑了笑：“但后面还有一个 1，是什么意思，我一直没有想明白。”

韦国梁的眼神完全陷进了往事里：“当年他和苏联军火商谈妥之后，散尽家财筹集巨款，最后，是我帮他到北方做完了剩下的工作。他说，能按良心做一点算一点，不管后世怎么评价……”

蒋周周怔怔地听着，韦国梁用枯瘦的手指比划：“至于最后面那个 1……他说，是留给你的。那时，我还不明白——”说到这里，韦国梁顿了一下，那么多年过去了，林亦说话时的神情仍如同昨日般清晰浮现在耳边，那时，上海滩的枭雄整个人沐浴在温柔的阳光中，手轻轻转动着一个瓷杯。

“其实，我想做加法，用我剩下的 1，加上某个人的 1，一生一世，一双人。”他眼里凝起淡薄的沉郁和欢喜：“可惜，命运总是喜欢做减法。”

七十三岁的蒋周周转过身去，无声痛哭，那最后的遗言，是一道算式……而算式的结果，她终于知道了，是零。

一切归零。

兰亭序

爱一个人，未必要撕心裂肺，但心口一定有处最柔软的地方被拨动，轻捻酸楚，怦然温暖；脉搏里一定有根最坚韧的血管被牵扯，子夜遥望，无声滚烫。

楔子

“朕年轻时枕着江山入梦，今夜……只愿枕着兰亭入眠。”病榻上的帝王唇角松弛垂老，头缓缓侧向一边，一个艰难的微笑将他的面孔柔和擦亮。

这，也是他最后的光华了。

贞观二十三年五月二十六，终南山翠微宫含风殿，唐皇李世民驾崩，庙号太宗。太宗生前挚爱王羲之笔墨，依其遗诏，《兰亭序》陪葬昭陵。

一、夜访

辩才和尚在云门寺清修了十九年，第一次深夜点燃灯烛，迎接女客。寺外微痒的春雨打在野草上，“沙沙”声如蚕食，悠扬而神秘。

雨夜古寺，青灯摇曳。不知过了多久，叩门声终于突兀地响起。

辩才和尚在心里念了一声阿弥陀佛，光洁的额头上冒出细密汗珠，起身开门。门外出现了个身材颀长的少女，一身红衣湿透，只怕任何人抬眼窥见，都要在心里“阿弥陀佛”一声——生得这样的倾城样貌，似乎天生就是适合夜奔的。

但这少女迈进门来，往光明中一坐，却仿佛朦胧华丽缎面揭开，内里竟是半截生硬的木头，让人骤然断了绮念。

她颜色虽艳，一双眼眸清澈凛冽见底。

而且，她腰间佩着剑。

“什么事情？”少女直截了当地问。

“阿弥陀佛，舒施主能来，我云门寺有救了。”辩才和尚双手合十，脸上泛起欢喜和敬意，“能赴此约，可见施主不仅有一等一的剑法，胸中还有一等一的信义。”

世上没有绝对的公平，因为有种叫“天赋”的东西，只存在于某些人身上。舒天然十三岁初入江湖，十四岁声名鹊起，十七岁已鲜有对手。有人终其一生苦苦追求也无法企及的剑术，她只用了四年。

辩才和尚听已故的师父智永禅师说，她曾有一次落难受过云门寺的恩惠。所以，今夜她来了。

“半月前，寺里住进一个客人。”辩才和尚奉上一盏清茶，面孔微微苍白恐惧，“他，是为云门寺一件宝物而来的。”

春夜深寂，红雨舔湿了轻薄的纸窗，氤氲开一片柔和的黑暗。辩才顿了许久才继续开口，声音凝重得几近虔诚：“这宝物，是《兰亭序》。”

窗棂轻轻一响，似乎连风也被骤然惊到。

“哦。”舒天然应了一声，她不喜舞文弄墨，听到王羲之的绝世墨宝，也不见得有何兴趣。

“此物珍贵绝世，世人原本并不知其去向。王羲之第七世孙——我师父智永禅师临终前将它托付于我，命我决不可遗失。”辩才捻着手中佛珠，止不住掌心颤抖，“当今圣上酷爱书法，藏古迹墨宝万卷，唯缺《兰亭序》，近来几次邀我入宫谈书论道，想得到这件宝物，我只推说不知其去向。

“我自信《兰亭序》藏在一个旁人决计想不到的地方。”辩才说到这里，脸色仿佛寒冬湖泊上的冰面被阳光照到，寸寸绽开裂痕，“可是，最近来的那位客人竟是……谢君同。”

舒天然瞳孔一缩。

谢君同在江湖上成名已久，天下间绝没有他打听不到的消息，找不到的人。

辩才的神色近乎恳求：“若保不住《兰亭序》，我纵然以死谢罪，也无颜去见九泉下的师父。舒施主，唯有你的剑法，才能阻止谢施主。”

“办不到。”舒天然听完，不假思索地说了三个字，起身朝外走。

“舒施主……”辩才的脸色刹那黯淡下去，嘴唇也抿出了绝望的灰白色。

“只要《兰亭序》在云门寺，谢君同就一定会将它找出来。”舒天然走到门口时，头也不回地说，“我阻止不了他。”

她红袖外素手微露，“喀”地一声轻响，宛如春夜幼嫩花苞自沉睡中悄然绽开。

“但，我可以杀了他。”

二、折花

第二日清晨，云门寺出现了一具男尸。

最先发现尸体的是小和尚悟喜。他清早提着木桶来打水，准备做早饭，寻常这个时候后院还很少有人起来，所以悟喜心情轻松地哼着歌儿，等他走到井边，却大叫一声丢了木桶，吓得魂飞魄散——

一个年轻男人浑身湿透倒在地上，胸前渗着大块血渍，旁边横着三尺长剑。剑鞘雪白，鞘尖一点鲜红如雪原残梅。

悟喜跌跌撞撞地去找来辩才和尚，辩才赶过来时，一眼看到井边长剑和死尸，再一抬眼，看到不知何时好整以暇站在旁边的红衣女子，颤抖着问："你……你杀了他？"

舒天然扬了扬眉毛。

辩才和尚的秃头上冒出汗水，脚下一个踉跄。这时，一个香客从不远的东间厢房走出来，看到血迹尸体竟也不害怕，他缓步走近，慢吞吞地指着地上："你认识谢君同？"

舒天然干脆地说："不认识。"

"……"辩才和尚张口结舌，半晌说不出话来。

"谢君同在江湖上也算有些名气，你竟然不认识他。"那个看热闹的香客又一次十分体贴地，道出了辩才和尚想说的话。

"我为什么要认识谢君同？"舒天然微微拧眉，眼瞳清澈得理所当然，没有丝毫矫作，"我认得他的剑。"

即便曾经遇到过精彩的对手，她也只记得对方的剑；人脸对她而言，大抵都是过目即忘的。

地上那把白鞘的剑，正是谢君同的剑。

“喔，凭一把剑来看人……有时会不准。”香客说，“昨晚有小偷光顾寺里，谢君同的剑不巧被偷了。”

“你怎么知道？”

“因为，我就是谢君同。”香客如实说。

舒天然这才抬头看了他一眼，这个男子一身雨后天青色，双眸湿润似乎还未睡醒，却有种说不出的舒缓意味。

悟喜小和尚眼前一亮——谢氏自南北朝以来百年风骨，子弟皆名士，姿仪谈吐高贵。大唐统一南北胡汉相融，旧时王谢堂前燕，屋檐已零落，却依然有乌衣巷口斜阳晚照的古雅风华。

以谢君同在江湖中的声名和地位，原本应该是其中尤其清高出众的吧？可是他说话实在太慢了，慢得简直有些木讷。

辩才和尚摇摇晃晃冲到舒天然身边，跺脚号啕道：“舒施主，你，你杀错人了！”

“哦。”舒天然漫不经心地应了一声，连瞧也未瞧地上的尸体。辩才和尚脸色惨白，咕咚坐倒在地，这才听到舒天然的后半句话——

“谁说我杀了他？”

死者是个惯偷，趁着七夕节进香的善男信女多，摸到云门寺来捞点油水。他在这一带犯下过不少令人啼笑皆非的案子，官府都有记录在案。半年前，这名叫王顺的惯偷去偷张举人家的一树垂丝海棠，连十几尺高的树和根下沾的泥土都偷得一干二净。这么大的目标，没多久就被官府查获了。案子破获后，张举人捶胸顿足——他千里迢迢从川蜀老家运送过来的珍稀海棠，王顺盗走弄坏了整棵树，却只采撷了枝头上一枝有花的。堂上打板子录口供时，县官问：“你偷树做什么？”王顺也不抵赖：“我看那树上的一枝花儿好看。”县官又问：“你折花也就算了，怎么拔掉一整棵树？”王顺笑呵呵地说：“我就是要那开着花的一枝，还沾着露水呐，单独偷回家就没那么水嫩了。”

偷花要水嫩的王顺艺高人胆大，他绝对想不到，这次偷东西竟然把一条性命搭了进去。

三、静和

云门寺的命案一出，香客顿时少了许多。寺里冷冷清清的，悟喜小和尚守在一罐子汤药跟前，不禁愁眉苦脸。

寺里发生了变故之后，倍受打击的辩才和尚也病倒了，开始时只是风寒，后来心病难去，眼看病势竟渐渐沉了。

官府的人来过两拨，江湖仇杀的事儿每天都在发生，死者又是个微不足道的小偷，查不出个所以然，很快就草草结案了事。

王顺无亲无故，尸体也只好留在云门寺由和尚们收殓。

这天，几个小和尚路过停尸房，听到里面传来低低的诵经声。几人停住脚步，交头接耳：“谁在那里诵经？”

其中一个将头探进去窥看了一眼，连忙摆手：“嘘——是静和师兄！”

“他身体不好，一向深居简出，怎么会来这里……为这小偷诵经超度？奇怪奇怪！”

“人在我们寺里死于非命，总不是什么好事，所以师兄诵经请佛祖保佑他早登极乐。”

“也对……”

小和尚们悄声议论着走远了，混在其中一直没有说话的悟喜小和尚脸色有点不自然，和其他人告别之后，他独自匆匆朝厨房走去。悟喜是第一个发现尸体的，他长得圆脸大耳很有福相，原本开朗又话多，最近却似乎总有点魂不守舍。这几天他负责给辩才和尚煎药，只见他端起药罐，瞅着四下无人，迅速从怀里掏出一包东西，撒进药罐中。

春寒切肤，悟喜心神不宁地走到住持的房间，悄悄推门进去。

看到床上气息奄奄的辩才和尚，悟喜脸上顿时露出些愧疚神色。但一见师父睁开眼，他立刻收起刚才的神色：“师父，药好了。”

辩才和尚浊重地咳嗽着，长叹一声：“我只怕不久于人世，有句话，一定要问一问你。”

悟喜小和尚顿时有些慌张，圆脸上冒出汗珠，眼睛也不敢去看辩才的脸。却听身后传来一个慢吞吞的声音：“禅师请说。”

“谁？！”悟喜小和尚吓得一个哆嗦，他根本没察觉到身后有人。回头只见一袭青衫拂开花影，缓步而来，正是谢君同。

原来，辩才的话是对着门口说的。

“悟喜，你先出去。”辩才勉强撑起身来，摆摆手示意。悟喜小和尚神色不自然地将药碗放下，应了一声“是”，将门轻轻关上。

屋内只剩下两人，空气中的药味愈浓。

“谢施主，你到云门寺，究竟所为何来？”辩才是得道高僧，虚弱的声音里有一股执着令人生敬。

“我受圣上之托，为兰亭而来。”谢君同看着他的眼睛，回答得很慢，也很清晰。

他说的是受圣上之托，而不是奉圣上之命。

“谢施主果真为朝廷办事。”辩才和尚又剧烈地咳嗽起来。

“我找天下人难找之人，寻天下人难寻之物，”谢君同说话慢，但神态里自有一股悠然，“至于委托人的身份是九五至尊，还是一介布衣，又有何区别？”

他如此自若，倒显得辩才和尚拘泥。

辩才怔了怔，终于颓然躺下：“罢了，罢了……施主若真能找到，也是机缘注定，强求不得。施主能随缘行善……不添杀戮即是大功德。”

“禅师在为前几日寺中人命案子而烦恼吧。”谢君同点头，“此事我已有计较。”

他低头在辩才和尚耳边如此这般这般，辩才和尚听得一怔，满脸愕然抬起头来：“施主莫不是开玩笑？世间怎会有此等事！”

门外几只鸟雀停在枝头，歪着脖子似在偷听。

两人聊了许久，谢君同出来时，只见悟喜小和尚还没走远，便微笑叫住他：“悟喜师父。”

小和尚的眼神有些躲闪：“谢施主。”

“你是凶案的第一个见证人，当天现场除了尸体，你还有没有看到其他的什么？”谢君同的问话很和气，甚至称得上迟钝。偏偏悟喜小和尚不知为何满头大汗淋漓，脸上也快哭出来了：“没……没什么。”

这时，只见一个红衣女子从骄阳下大步走近，明艳姿态竟能与谢君同的气场对峙。

“你也对王顺之死有兴趣？”谢君同友好地问。

“没兴趣。”舒天然冷冷说，“我只管辩才师父托付给我的事，不管闲事。”

“你怀疑是我杀了王顺。”谢君同眨了眨眼睛，睫下微笑，像亮如白昼的月圆之夜。

舒天然的表情说明，他说对了。

趁两人说话，悟喜小和尚迅速落荒而逃。

“你杀了人，把剑遗落在作案现场，并不是没可能。”舒天然不习惯拐弯抹角说话，“至少你的剑不会被偷。”

“我也不相信自己的剑会被偷。”谢君同点头，微微一笑，“能偷走我的剑，他是第一个。”

舒天然目光一动，突然明白了他的意思。

能偷走谢君同的剑，高手在民间！王顺身无长物，他之所以被杀，很可能因为他的独门绝技——

偷。

辩才和尚的《兰亭序》藏在一个旁人绝对想不到的地方，那小偷王顺能不能偷到这件宝物？

“现在，”谢君同胸有成竹地看着她，慢吞吞地问，“你对王顺之死有兴趣吗？”

四、欠条

山脚下有一家吉祥酒馆，从云门寺过去也就两三里路。

王顺生前常去那儿蹭吃蹭喝，掌柜的抽屉里还有他打下的几张赊酒欠条。欠条写得稀里糊涂，看来是在半醉时画押的。

正月初八，欠四分银子。王顺。

二月二十三，欠七个铜子。王顺。

三月初六，欠三分二钱银子。王顺。

三月初六就是王顺被杀的前一天。舒天然看过一眼就作罢了，她有过目不忘的天赋，几个时间都已记下。谢君同倒是认真将那几张欠条收起来，又给了掌柜的三两银子，付清了欠条上的酒钱。

“看您这出手，就是阔绰人！不不，大善人！”掌柜的眉开眼笑，谄媚而精明。

“不，我是个江湖人。”谢君同认真地说。

“您想打听点什么消息，尽管说，这方圆百里没有我吉祥酒馆探听不到的消息！”掌柜的拍着胸脯吹牛。

舒天然不喜欢这种油腔滑调的市井小民，自己冷冷地找了个靠窗幽静的位子坐下。谢君同则恰恰相反，几句话下来，掌柜的不仅乐意，简直是迫不及待将各种杂七杂八的事情倒给他听。

“那个王顺啊，喝酒吃饭不付钱，就是个无赖！每次赊酒菜给他，我都气不打一处来，是智永禅师慈悲为怀，把庙里的香火钱拿出来作保，让我赊给这小偷吃喝。我看在老禅师的面子上才打发这无赖的！

“三月初六他来我们客栈，对，就是他死的前一天，喝了点酒就开始胡言乱语，醉醺醺地说什么‘过了今天，老子就远走高飞’、‘皇帝有什么了不起’，这种大不敬的话他也敢说！我也就是学给您听，您可千万别说出去，不然我也落个大不敬的罪名……”

掌柜的正说得起劲，有几个小和尚到客栈里来，找掌柜的取米面——云门寺的和尚为山下善男信女祈福，也不收银钱，很多人就以米面衣物报答，渐渐也成惯例。

“小师父们先喝口茶，米面都准备好了！”掌柜圆滑地笑脸相迎，亲自带着小二去装米。

几个小和尚都是半大孩子，一边喝茶一边叽叽喳喳谈论着什么事情，舒天然开始听到了“突然晕倒了”“身体不好还敢和死人同处一屋”“停尸房里有鬼魂”……她以为是辩才和尚的病情加重，渐渐听清了小和尚们话题中的主人翁——静和师兄。

这个静和师兄是什么人？舒天然眉头微皱，只见又一个小和尚气喘吁吁地跑进来，夕阳下满脸汗和泪：“快！大家快回去……辩才师父他……他圆寂了！”

空中圆月像一只雪亮睁大的眼睛。

辩才和尚是酉时去的，去得很突然。按郎中的说法应该还能撑上几个月，但两个时辰前悟喜小和尚送药来，发现老和尚躺在床上，眼睛圆睁，身体已经僵直了。他死时身边一个人也没有，云门寺的许多事情都来不及交代。

包括《兰亭序》的踪迹。

寺中哭声一片，舒天然心中除了哀戚，更多的是疑问。

辩才和尚的屋子里陈设简单朴素，桌上有一只青瓷旧碗，里面盛着半碗清水，水上飘着一枚薄薄的铁片小鱼，长约三寸七分，头尾上翘，肚腹略微下凹，恰似一只古朴精致的小船。

舒天然一走进房间，脸色一变，眼神就落在铁片小鱼上。旁边的和尚看她神情，不解地问："舒施主？"

舒天然抓住身边的和尚问："这东西哪里来的？"

"这件小玩意儿？"对方摸着头回答："我听师父说，是找静和师兄借来的。"

又是静和师兄！

舒天然对这个人的疑问越来越大，冷冷问："静和人在哪里？"

"喏，穿过小路最南边的一间房就是了，静和师兄一向深居简出，和我们不大说话的。"

这是一间独门禅房，位置偏僻，门外长满半人高的蓑草，在月光下泛着神秘的水色，显示出主人的离群索居。

舒天然走进去，只见一个身材瘦削的和尚在念佛，背影灰白。

“指南鱼是你的？”舒天然不喜欢与人寒暄，开门见山地问，“你从哪里得到的？”

木鱼敲打声停止了，月光流淌在静和修长的颈脖上，渐成清泉，震撼无言。

舒天然微怔走上前去，终于看清了对方的面孔。

年轻和尚坐禅的脸，是佛祖拈花的那一枝清莲，白皙红润到失真。他头也未抬：“重要吗？”

“指南鱼是我的东西。”舒天然清清楚楚地说。

“既然是你的，你拿去便是。”

舒天然已经是冷傲的人了，静和和尚竟然更甚三分。他的傲岸带了出家人的超然飘逸，加上容貌又美，别有一种清澈尊贵。

五、糕饼

“难得一见的美男子？”

夜已三更，四下无人。谢君同深夜才从吉祥酒馆回来，身上还带着点酒香。

“不错，一个神秘的年轻和尚，叫静和。”舒天然面无表情，“但并不像坏人。”

“用好人和坏人来区分世界，你还是个小女孩儿。”谢君同似笑非笑地看着她，或许是因为喝酒的缘故，他的话比平时多一点。

“你还有心情喝酒？”舒天然不禁有些怒意，辩才和尚死了，《兰亭序》的去向扑朔迷离，这个男人白白有好大的江湖名声，却如此不靠谱。

“我喝酒是为了壮胆。”谢君同双颊鲜活，红唇湿润。

“壮什么胆？”舒天然更加鄙夷，却忍不住一点好奇。

“去看死人。”谢君同“嘘”地用食指抵住嘴唇，示意她小声，“你也要一起去看看吗？”

“我不去。”舒天然干脆利落地甩出三个字，转头就走。

“你不敢？”

舒天然回过头来，怒目而视。

“死人知道的，一定比我们想象的更多。可惜，他将东西都带进了棺材里。”谢君同醉倚梧桐，呵出一口酒气，“走？”

停尸房里，黑暗寂静得像石头，一点月光照在漆黑的棺材上。

“什么意思？”舒天然皱眉。她原本以为，谢君同要看的死人是辩才和尚，可对方却把她带到了王顺的棺材面前。

谢君同正要说话，却突然拉了舒天然一把，示意她不要发出动静。

门口传来窸窸窣窣的声音，一个黑影溜进停尸房。

那个影子蹑手蹑脚，右臂还拎着个包袱，双手合十哆嗦着说：“我不是故意的，莫怪莫怪……”

声音有点熟悉。借着泄漏进屋的月光，舒天然看清了来者的脸——

是悟喜小和尚！

“你来这里干什么？”舒天然冷声问。

小和尚吓得猛然回过头来，紧紧拽着手里的一个包袱。舒天然目光一凛，宛如浓厚乌云中乍现的闪电——那个包袱看大小，装一幅书法卷轴刚好！

她几步欺身上前，一掌打出，悟喜招架不及，抱着包袱想要逃走，却被她反手擒住右臂。

包袱顿时撒在地上，散了。

——不是书法卷轴，是一堆糕饼。

舒天然与谢君同对视一眼，都是意外。

“你带糕饼来给死人吃？”谢君同眨了眨眼睛。

“我，我……”悟喜小和尚吓得抽抽搭搭地，“我做和尚之前，家里是开糕饼店的。我娘有一双巧手，做出的核桃糕每天都供不应求。我的手艺得了我娘的真传，寺里的师父、师兄们都说好吃。那天，王顺来厨房里偷核桃糕吃，被我发现，我就悄悄在核桃糕里掺了巴豆……后来大半个月没见到王顺，再见时他面黄肌瘦，一看就是拉肚子拉得不成人形。”小和尚说到这里，小胖脸抽动了几下，呜呜哭了起来，“我怕王顺做鬼之后，来找我报仇，所以给他带这包核桃糕来……呜呜。”

谢君同将包袱捡起来，里面还有几块没脏的糕饼：“还能吃。”

小和尚抽泣着不敢去接。

但下一刻，抽抽搭搭的小和尚就后悔了。因为谢君同拿起一块糕饼放进嘴里：“味道果然不错。”

四周的阴森寒冷好像都在糕饼的香气里散去了。谢君同递给小和尚一块："小偷吃百家饭，给王顺留一块就够了。"

舒天然清冷的脸容几乎绷不住。拿着别人的东西请主人吃，这人倒真会请客。

悟喜小和尚不敢不吃，加上肚子也真的饿了，犹豫着接过那块核桃糕吃起来。

"我将王顺的尸体，剖开来看了几眼。"谢君同慢条斯理地咽下最后一口，自然而然地说。

悟喜小和尚顿时将一口核桃糕噎在喉咙里，忍不住猛地咳嗽！

"当然，看过之后我又将他缝好，放回棺材里。"谢君同说的是陈述，语速又慢，使他的每个字都有种盖棺定论的力量，"溺水而亡的人，肺部都有大量积水，而尸体虽然浑身肿胀，腹内却没有积水。这只能说明，王顺是死后被扔进水井中的。

"你天性顽皮，每日挑水爱走一条偏僻的羊肠小路。那条路人迹罕至，正好便于我查看留下的脚印。事发的那一日清晨，你说自己是来打水时发现尸体的，可你挑着空桶来打水的脚印，竟比前一日你双肩担满水返回的脚印还要深，这不合常理。

"只有一个解释，你的'空桶'并不是空的，里面有比两大桶水更重的东西——如果我没有猜错，那就是王顺的尸体。"

悟喜小和尚的脸色顿时惨白。

"你原本打算把尸体悄悄埋掉，但因为听到了脚步声，情急之下将尸体推入井中。这就是为什么掉落在地上的是空水桶，本该声音清脆，但舒天然听到的，却是一声闷响。

“如果不是你杀了王顺，你就是在为什么人遮掩——凶手，是云门寺的某个人。”

“不……”悟喜小和尚瑟缩着往门口退去。

“王顺临死时，手里还握着我的剑。他一定是想说什么，而没有说完。他恐怕——死得有点冤枉。”

悟喜小和尚终于哇地一声哭了出来，满嘴的核桃糕堵在嘴里，说不出的狼狈后悔。

“这是什么？”舒天然将蒲团上的一本佛经拿起来，翻开。

书角用清俊的楷体写着“静和”。

六、海棠

佛经里夹着一枝海棠花。红花半残，颜色已旧，原本没有香气的海棠却因为长久夹在书页中而泛着淡雅的书香。

仿佛一把火照亮了整件事仅存的暗角，舒天然什么都明白了。

四年前她初入江湖时，与崆峒派的几个少年狭路相逢，定下约战。结果她赢了他们所有人，得到了战利品——指南鱼。

“指南鱼”精巧奇妙，投入水中可以指示方向，打造起来极为复杂困难，是难得的宝物。那几个倥侗派少年不服气，一路尾随她。她住客栈时，他们也跟着。结果有一天，她出客栈后回来，只见他们几个出现在自己的房间里。她立刻清点随身的包袱，里面的银子分文不少，只少了那只指南鱼。

她恼怒他们输不起，逼他们把指南鱼交出来，他们却矢口否认。结果她一怒之下拔剑，把那几个少年打成重伤。

崆峒派大失颜面，出动一位高手前来，她虽然剑法极快，毕竟初涉江湖，没有实战经验，身中九剑而败。

也正是那一次，她精疲力竭倒在云门寺门口，为智永禅师所救。一饭之恩，一寝之地，她欠下了智永禅师的情分。

当年她要动手时，几个崆峒派少年一口咬定："我们看到有人溜进你的房间，才跟进来的！"

如今想来，也许他们没有说谎。

那家客栈就在山脚，离吉祥客栈不远——当时偷她东西的人，就是王顺!

指南鱼也好，海棠花也罢……王顺将他偷来"奇珍异宝"，全送给了静和和尚。他只是个小丑，可他所有的表演，却真心只为换取一个笑容。

所以，静和和尚，那佛性清灵的美男子，才会为王顺诵经超度。

舒天然毕竟是女子，一时间想到许多，竟然忘了黑暗中的命案，失落的珍宝。

"两天前，辩才和尚告诉了我一个秘密。"谢君同的一句话让舒天然骤然一惊，回过神来。

两日前，辩才和尚的房间里。

谢君同拿起桌上一对围棋盒，清清楚楚地说：“智永禅师留给你的《兰亭序》，就藏在这里。”

“施主既然怀疑，不妨打开一看。”辩才和尚神色不动。

“不是藏在棋盒里。我是说，”谢君同信手拈起一枚黑子，在指间把玩，“《兰亭序》藏在这三百六十一颗棋子里。”

“施主莫不是开玩笑？世间怎会有此等事！”辩才和尚浑身一震，“每颗棋子不过拇指大小，又怎能藏一幅三尺七寸长的卷轴？”

“佛家说，须弥藏芥子，芥子藏须弥，有何不可能？”谢君同白玉指间黑棋光华流转，“你跟随智永禅师身边，耳濡目染，对书法极有品鉴，更难得的是，你学到了一门了不起的分画技艺。

“民间手艺人能将一张墨纸揭开几层，而每层都完好无缺，墨迹只变浅却不缺失。分画不算什么绝世技艺，但你将一幅《兰亭序》揭成三百六十一层，每一层轻薄如蝉翼，分别卷起藏进一颗棋子里。神乎其技，不过如此。”

谢君同真心赞叹。

辩才和尚许久不语，终于颓然长叹，再不言语。

谢君同的侧脸浸没在逆光的阴影中，像一块沉入深潭的冷玉：“接下来，让我推测一下，你是怎么杀死王顺的。”

辩才和尚身体一僵。

“王顺的尸体没有外伤，可胸腔充血、脏腑受损，是被内力浑厚的掌法袭击所致。”谢君同扣了扣桌子，里面发出沉闷的响声，“这桌子不是空的，里面有铁器。指南鱼的铁身经过特殊的冶炼锻打，能吸附其他铁器。用来做机关，再合适不过。”他将指南鱼放在茶盏下面，又将两盒棋子摆回原位，将当日的情形还原得分毫不差。

“当夜，王顺进了你的房间。你听到案台之上的动静，机关一开，窗户顿时紧闭，拦住他的去路。与此同时，你使出十成功力的一掌袭去，将他当场击毙。

“我一开始不理解的是，对付一个不会武功的小偷，你为何要使出十成的功力？”

辩才和尚剧烈地咳嗽着，仿佛被悔恨摧垮了所有的意志。

“最令你愧疚的，不是你失手杀了王顺，而是你杀错了他。”谢君同将棋子扔回棋盒，“王顺来你的房间，不是要偷东西——他神不知鬼不觉地盗走了我的剑，扔到你的房间里，是在向你示警。

“而你却以为，当日进入房间里的人是我。”

辩才和尚枯涸的眼睛布满血丝湿润：“我师父智永禅师名门之后，一代高僧，行善积德不知道救过多少人，却只因为曾经误伤过一个孩童，到死也不能释怀。如今我亲手犯下杀人的罪孽，又怎能心安理得？”他又咳嗽了几声，掌中一片鲜红。

他积郁成疾，活不久了。

“错杀王顺固然是大错特错，但还有一件事，你错得更离谱。”谢君同遗憾地摇了摇头，在辩才和尚耳边，如此这般这般，辩才和尚的手剧烈颤抖了一下，突然仰头长笑：“天意！”

“是！”悟喜小和尚满脸涕泪，大声说，“是师父杀了王顺！但他不是故意的……他是个好人！”

“好人，未必不会办坏事。”谢君同的目光落在棺材上，“你敬他爱他，在他的苦药里偷偷放麦芽糖，但你可知道，治疗肺病的浃汲草与麦芽糖一起，会加重气血不畅，催他归西？”

悟喜小和尚呆呆听着，大哭起来。

“辩才和尚藏匿《兰亭序》的方法，已经是巧夺天工，可他一死，世上再没有人可以将这件绝世墨宝还原。纵然如此，他还做了最后一件事，将《兰亭序》带进棺材里。”

“《兰亭序》在辩才和尚的棺材里？”舒天然目光一凛。

“不，不是他自己的棺材，而是王顺的。”谢君同指指王顺的棺材，“我开棺验尸时，看到棺材里有个暗格，机关很精巧，棋盒正好放在里面。”

谁也不会想到，辩才和尚会将绝世墨宝藏进一个小偷的棺材，棺木一旦入土，谢君同纵然有千手千眼，也再难找到它的踪迹！

在谢君同说最后一个字的时候，舒天然的手已按在了剑柄上。当旁人看到她手按剑柄时，其实她的剑已经出鞘了！

黑夜里原本浮动着清浅柔嫩的春意，此刻却骤然掠起一层风华绝代的秋光——

谢君同想要说些什么，却是来不及说了，生死关头只能拔剑相迎！他掌中的剑意清凉如飘雪，甚至剑光也缓慢如雪落下，瞬间，化为一片铺天盖地的苍茫。谢君同的剑，就如同一段强大而无处不在的命运——世间可有这样的行楷，饱蘸了深沉的襟怀，一剑洗尽铅华？而舒天然的剑笔直纯粹，真实悍勇——世间可有这样的草书，挥毫书写绝美的冷风霜剑？

他们仿佛是天生的对手！

舒天然全身的热血都在滚沸，她的生命凝聚成剑尖的一点，要冲破苍茫云海的牢笼！

那种生死相决的快意，甚至让她错觉，她从十三岁起第一次拿剑，仿佛就是为了这个对手——为了这一刻！

寒光相交的瞬间，长剑刺中了谢君同的胸膛。

而同一瞬间，谢君同弃剑逃走，跃入窗外庭院，滚倒在花木乱石间。

舒天然随即身如惊鸿飞掠出来，俯视着他："你在做什么？"

"逃命。"谢君同一脸"你看到了"的表情。刚才他胸口中了一剑，那一剑原本该杀了他，但他将长剑横胸一挡，弃剑逃走，所以捡回了半条命。纵然如此，他仍然受了不轻的伤，青衫染血倚靠在石头上。

舒天然将断剑捡起来，扔给他："男人宁可丢了性命，也不该丢了剑。"

"性命尚且没有了，要剑何用。"谢君同慢吞吞说话的样子，和风微雨，静水深流，让人心里的火气也无端被浇灭，"剑断可以再造，人死不能复生。"

他的眸子里早春葱茏一片，让人内心熨帖。

悟喜小和尚不知道什么时候趁乱逃走了，庭院中只剩下他们两人，舒天然没有说话，但紧抿的唇上仍有杀气如冷月。只听谢君同问："你的剑叫什么名字？"

"名字？"舒天然奇怪地看他一眼，"剑就是剑，它没有名字。"

"好一把无名的剑。"谢君同点头，快剑如佳人，活得恣意，就像那些失传的书法，在用名声嘲弄世人吧。

"江湖中人叫我'灭绝剑'，以为我不知道么。"舒天然勾了勾嘴角。

谢君同的嘴角也动了动，似在笑。

舒天然扫到他神情，冷冷问："笑什么？"

"你的剑名传天下，从无敌手，'灭绝'二字也当得起。"谢君同按住自己伤口。

"从来没有人敢这么说我。"舒天然目光仍冷，却已露恼意。

"是。"谢君同笑意更浓，"或许你喜欢听他们说，没有男人配得上你？"

"面对一个剑比自己快的女人，有人说着'没有男人配得上你'时，心里多少有点平衡的优越感吧，因为那也等于'没有男人愿意娶你'。"舒天然扬眉一笑，"但没关系，剑就是剑。"

她眼瞳里波光轻扬坦荡，怡然得没有一丝矫作。

但没关系，剑就是剑。

掷地有声的也许是她这句话，也许……是她说话时的样子。就算她没有绝世的剑法，这样一个女子，月下洗练如纯银的气质，唇角铮铮如火焰的弧度，也会让很多男人自惭形秽吧。

谢君同仍然是静静等了许久，才慢慢地说："相配，不如相陪。纵使孤寂如月，也有浮云相伴。”

舒天然的脊背微微一动，握剑的指尖竟有些烫。

她背过身去：“《兰亭序》原本就是王羲之后人的传家之宝，皇上要取，是强人所难。”

她很少与人谈到“理”。立场不同，就如两剑过招，很多时候原本就没有什么道理。但她发现，此刻自己竟试图说服谢君同——或者说，是试图说服自己……她已不想杀他。

谢君同眨了眨眼，似乎没听明白她的意思。

“皇上广有天下，《兰亭序》对他来说只是一件把赏玩物，可对智永禅师来说，却是祖传至宝；对辩才和尚来说，就是生死性命。”舒天然继续说。

谢君同的眼光流动，像溪水流过纯黑的石头，泛起一丝水落石出的光华。

“皇上的确托我寻找兰亭。但是，兰亭是人，不是书法。”谢君同的话让舒天然愣住了。

“她是宫中四品美人，皇上赐名兰亭，三年前私自出宫。我多方寻访，终于得知她一直躲避在云门寺。”

“你的意思是……”舒天然一时还不能彻底明白，只见谢君同朝她微微一笑，黑夜顿时敞亮如昼。

刚才她不由分说拔剑时，谢君同想对她说的，就是这句话；两天前，让辩才和尚仰天大笑“天意”的，也正是这句话。谢君同寻天下人难寻之物，找天下人难找之人，但他们，却根本没有弄清楚谢君同来云门寺的目的。

舒天然突然抬头："我想到了一个人。"

谢君同微笑："我也想到了一个人。"

七、兰亭

翩若惊鸿，矫若游龙。皇上以他至爱的书法为这个女子赐名。连舒天然也忍不住好奇——那背后有怎样的故事？

"你们来了。"静和，不，应该说兰亭，缓缓抬起眼来。她的神态已无遮掩，轮廓柔和到了极致，眼眸里一片微雨伶仃的诗意，美得令人窒息。

帝王给她金子铸成的华贵宫殿，而那个小偷，却将春天第一枝带露的海棠献到她的膝前。

绝世的美人，选择了后者。

"你怎么会……认识王顺这样的男人？"舒天然问。

"许久没有对人讲起那些旧事，自己也快忘了呢。"兰亭悠然道，"我年幼时有一次花灯节与家人走散，独自在街头哭到饿，也没有人来找我。这时，王顺出现了，他给了我一个馒头。没有吃饱，他说还有。半个时辰之后，他果然又拿来了两个馒头。

"他陪着我一直等，直到次日有人来领我回去。他说一定再来看我，他没有食言——那是我第一次遇到遵守诺言的男人。我的父亲对母亲许下过很多诺言，但他从来没有兑现。母亲去世后，那个男人忘了我的生辰，甚至渐渐忘了我这个人，新夫人占据了他所有的视线。

“我十三岁时离家出走，王顺带着我见识了街头的米酒、手艺人的草编蚱蜢、田野里的蛙鸣。那时我再也不想回去，我们两个并肩躺在沾满露水的草地上，没有牵手，但能感觉到彼此。他说他是个身世可怜的私生子，出生便不知道自己的父亲是谁，流浪街头，孤苦无依。我虽有父亲却无人关爱，何尝不是与他同病相怜？

“可惜我身体太弱，没几日就病倒了，王顺弄来了药，请来了郎中，却治不好我。后来他把我背上了云门寺，找懂得医术的智永禅师救命。在寺庙里，他与心地仁慈的禅师起了争执，也是那次我才知道，他是个小偷。”

“你有没有上当的感觉？”谢君同眨眨眼睛。

兰亭的素颜如空谷幽兰，恬静怡然。她没有说话，但唇边微笑已经是最好的回答了。

这一刻，舒天然明白了帝王为何爱她。

世间多少女子的一颗芳心被窃之后，殷殷期盼自己的心上人再去窃取浮世名利？凡人的爱里有期许，即使是最痴情的女子，至少也有天长地久的渴盼。而兰亭的眼里，除了那个人之外什么也没有，喜悦依赖，知足无所求。她的身心宛若一枚落花的禅意。

“智永禅师是王羲之第七世孙，自有不拘礼法的名士风度，他大慈大悲，怜悯我二人两情相悦，将我收留在此。自从老禅师去世，王顺担心秘密泄漏，于是计划着带我远走高飞。可这终究是黄粱一梦。”

说到这里，兰亭竟然又微微笑了一下。

“你不伤心？”眼前的女子如此美丽，连舒天然也有些不忍。

兰亭低头垂眸，目光温凉："爱一个人，未必要撕心裂肺。"

她清瘦苍白的手缓缓捻动着掌心佛珠："他早跟我说过，他这样的人，必然是会先去的。"

"我答应皇上，将你带回去。"谢君同缓声说。

"我明白。"兰亭脸庞上露出浅淡释然，谢君同的神色却骤然一变！他抢上前迅速托住兰亭的后背，另一只手抵住她的下颌。

可是晚了。

兰亭的嘴角流出一缕黑血，眼神渐渐涣散，舌下剧毒扩散得很快，她微笑抓住谢君同的衣襟，唇边逸出此生最后的言语："……不要让我们分开……谢谢你。"

泪从她紧闭的眼角滑落，滴在那册散开的佛经上，干枯的海棠花上洇开一抹残红。

八、真迹

"你这样做，不怕皇上追究？"舒天然问。

谢君同将漆黑的匣子收好："我只答应带兰亭回去。"

天明之前，他投下一把火，完成了兰亭最后的愿望——火焰将她和王顺燃烧在一起，或许，灵魂相拥，来生再无法分离。

在熊熊火光中，舒天然远望着他的侧脸，突然想起那时……他说，相配，不如相陪。纵使孤寂如月，也有浮云相伴。

而兰亭说，爱一个人，未必要撕心裂肺。

在最后淡去的夜色里，她与他隔着数丈的距离，她与兰亭隔着生死的距离，却明白了兰亭的话。爱一个人，未必要撕心裂肺，但心口一定有处最柔软的地方被拨动，轻捻酸楚，怦然温暖；脉搏里一定有根最坚韧的血管被牵扯，子夜遥望，无声滚烫。

两人走出云门寺时，天色已大亮，谢君同提议去喝酒。

山下酒肆人声嘈杂。

舒天然轻握住手中粗糙的瓷杯，在云门寺那样清净的地方待久了，这市井喧闹的烟火气竟令人感到一种莫名的亲切温暖。

“你还记得那几张欠条吗？”谢君同慢慢问。

“记得。”舒天然奇怪地看了他一眼，不知他为何提起欠条。只见谢君同将几张沾了油渍的欠条从怀里摸出来，在桌上缓缓展平：“这字，是王羲之家族的行草，别人模仿不来的。”

舒天然骤然一愣。

“世人不识真国色，这几幅字，若论市价，至少每张一千金。”谢君同叹了口气。

“我记得兰亭说过，王顺是个身世可怜的私生子，出生便不知道自己的父亲是谁。其实，王羲之嫡传的子孙少之又少，到智永师父这一代，虽有血脉，书法已无神髓……可这个王顺，却有天赋。”

辩才和尚说，智永禅师曾经误伤过一个孩童，到死也不能释怀。

原来，那竟是他的私生子王顺。

“自己师父的风流事，辩才和尚早就了然于胸。”这才是他误杀王顺之后愧疚之死的原因，也是他将《兰亭序》陪葬入王顺棺木的原因！

舒天然握杯的手顿了顿，终于忍不住大笑几声。王顺是真狂士，世俗礼法在他眼中，当真不如二两劣酒。

“我听说，有先秦的古董陶罐被农妇拿来淘米。”谢君同仿佛看透她心中所想，将杯中酒喝尽，仰头一笑，“王顺，是心甘情愿做那只陶罐吧。”

君子之妖

那一刻，少年的白衬衣上带着好闻的汗味，额发微湿，冷峻紧抿的嘴唇看似不近人情。而她被他拉过的掌心，滚烫烫的，像一只正在燃烧的小太阳。

一、失物

午后，阳光泼辣地扫荡校园，将残雪赶至墙角。冬日僵硬的天空顿时失却了凌厉，显出点温柔的苍白来。

湖滨第七男生宿舍楼。

一个围着灰色围巾的青年正在整理信件，低头专注的面孔和气质很是吸引人。他是新来的楼道管理员，姓一个不常见的姓“多”，被男生们亲切地称为多叔。

此刻，多叔抱着信件回楼管室，一件绿色的小东西从胸前的口袋里掉了出来，发出“叮当”一声脆响。

“啊，差点忘了这个。”多叔自言自语，把东西捡起来。他拿起桌上的电话，拨通了一个直线号码：“喂？请找 502 室的君子潋同学。”

“我是。”

“你有件失物找到了，到楼管室来领。”

一缕阳光从窗口照到电话上，像一根燃烧的金色引线，无端有种什么事情要发生的感觉。

楼管室。

少年敲了敲门，门很快开了，多叔探出头来，脸上挂着暖洋洋的笑容："君同学？进来进来！"

叫君子澂的男生穿着白色外套，干净的面孔让人眼前一亮。事实上，学校里没几个人不知道君子澂这个名字的，冰山美少年，前学生会会长，如今在校园文化节活动中参与昆剧演出，反串饰演《牡丹亭》里的多情小姐杜丽娘，几乎每场都会爆满，让许多外校的学生也慕名而来。

"什么失物？"君子澂的声音毫无温度，眼睛却天生传神，哪怕毫无笑意，也像刀口的一滴泪，冷峻动人，"我领好就走。"

"真伤脑筋呢，好吧，我帮你拿失物认领手册过来。"多叔笑容不减，好脾气地转身进屋子里找手册和笔。君子澂的目光扫过楼管室，说实话，这间屋子并不令人讨厌，室内虽然没有开空调，却似乎比外面暖和许多。窗外的树荫也格外垂青这件小屋，带着残雪的松树枝条掩映着窗口，甚至有一只松鼠在树枝间跳跃——

松鼠？君子澂眉头微皱。

学校建在山上，人迹罕至的小路确实有过小松鼠出没，但现在是晚冬，天气正冷不说，宿舍楼附近人来人往，怎么会有小松鼠出没？再看窗台上的果壳——不会是多叔一直在喂松鼠吧？

这时，多叔已经拿着登记手册和失物过来了："签好字就可以。"

那是个竹编的哨笛，做工精湛，颜色深绿带灰有些陈旧，表面还有几道斑驳的划痕。

君子澂重重怔了一下，有些迟疑地接过那个哨笛。就在手指碰到那熟悉的触觉时，他耳边突然"嗡"地一声，头晕目眩……

河面宽广，清越的歌声从水中央传来。

碧波中浮出一张少女美丽的脸，秀丽苍白而妖冶。她轻声地唱歌，声音优美得像露水中的春天，也危险得像蛇信子寸寸舔过皮肤。

被迷惑的孩子怔怔站在水边。

脚下的河流突然漫过膝盖，水中长出了密密麻麻黑色的水草，缠绕住孩子的脚踝。他低头看去，不，那不是水草，是头发！

头发丛中还有什么东西，绿色的，亮亮的……是那个哨笛。

“君同学？你脸色不太好啊！”多叔关切的声音在耳边响起。君子潋这才慢慢回过神来，感觉虚弱得迈不开脚步。

“是太累了吧。”多叔看着他苍白的脸色，“虽然你是大家口中‘神一样的君同学’，偶尔也应该放松一下啊！”

“多叔。”君子潋抬起头来，清冷的眼神变深，“你在哪里找到这东西的？又怎么知道是我的？我不记得自己贴过寻物启事。”

“失物上写着你的名字呢。”感受到少年眼中的刀锋，多叔不禁露出委屈的神色，指了指失物。

——果然，哨笛上歪歪扭扭写着“君子潋”三个字，不过，明显是儿童的笔迹。

大叔像一只大绵羊般，温柔无害地迎着他的视线：“我上次旅行的时候，碰巧捡到这个小东西，看到有你的名字，就带回来了。以前我在幼儿园做楼管的时候，孩子们都叫我‘哆啦叔叔’，他们丢失了玩具，我也会去找哦。”

君子潋的嘴角微微抽搐了一下——幼儿园？哆啦A梦？

多叔认真地点头。

“旅行？在哪里？”君子潋显然不信。

“就在这里啊。”似乎看出少年眼里不信任的“你在胡说八道”的表情，多叔将大手伸进自己的口袋，摸出了一张世界地图。

“喏，这里。”多叔将地图展开，指着上面一个用绿色标记过的地方，“就是在这里找到的呢。”

那是君子潋的外公住的小山村，在普通地图上根本没有标记。自从外公去世之后，君子潋再也没有去过那里，也没有什么亲人或朋友。但他可以确定的是，那里压根儿不是什么旅游景点！

“你——”君子潋突然生气地拂开他的手，“你是调查过我，故意来装神弄鬼的？”

也不等多叔解释，他转身就走，手中还紧紧拽着那个哨笛，手背不知是因为愤怒还是因为用力，微微发白。

看着少年含怒的背影，多叔摸了摸鼻子：“真是别扭的少年啊……”嘴角慢慢露出一丝与寻常不同的笑。

二、情人坡

“君子潋最近怎么了？”

“好像有点没精神呢。”

说话的是一对堂兄妹。男生叫苏或，大三，在《牡丹亭》里扮演书生柳梦梅，和君子潋的杜丽娘演情侣对手戏。两人投入的表演，不知道让多少女孩浮想联翩。女生叫苏曳鱼，大一，她爸妈取名字的时候光顾着意境，希望她快快乐乐，像一条自由游曳的鱼儿，没注意谐音，造成了她人生的一大杯具——无论她做事多么专业，都会被人称为“业余”。

苏或满脸担心，苏曳鱼则一脸八卦地拿着筷子：“不会是你上次和计算机系的师妹去吃火锅，他觉得自己失恋了吧？”

“……”苏或早已习惯了这个堂妹的思维，知道他们的语言系统完全来自两个星球，只能低头扒饭。

“话说回来，门门课程拿A，考高级口译，校园文化节的演出，还要参加青年志愿者活动——君子潋那家伙是不是把自己的日程排得太满了？”苏曳鱼叹了口气，少女的眼睛里露出一点类似于温柔的东西。

像突然想起了什么，她看了眼时间，一把抓起书包：“我吃完了，还有事，先走啦！”

早春清寒，雨丝打在身上凉凉的。

苏曳鱼一路小跑到情人坡。这里四季美景幽静适合约会，此刻空无一人，只有三两朵梅花，伶仃在雨里。她低头徘徊了一阵，正准备走人时，突然看到不远处出现了熟悉的白色人影。

苏曳鱼想要绕道走，可惜已经来不及了。

那人看到自己了。他撑着一把蓝色的伞走过来。四周阴雨绵绵，可他的白外套与蓝伞，自自然然就成了一片晴空。

少年瞟了一眼她湿漉漉的发梢，眉头微皱：“你在这里干什么？”

“……”她总不能说，是等着和人约会吧，“我……我来看看，春天这林子里的鸟胖了没有！”

君子潋没有理会她的胡说八道，淡淡地说：“还不过来？”

苏曳鱼几步小跑过来，迅速钻进君子潋的伞下，整个笼罩在他的气息里。

只见少年将伞倾向她这边，左肩被雨打湿，桃花一般俊美的侧脸，长到令人心疼的乌黑睫毛，让她心中怦怦跳动，鬼使神差地问：“你最近有点不对劲，不会是——收到了什么奇怪的东西吧？”

君子潋脚步一顿，眼神突然深到令人陌生：“你说什么？”

被他这样冰冷严厉地注视，苏曳鱼本来鼓起的勇气和那点不该有的幻想全都浮云了：“我是说……怎么这么巧，刚好碰到你啊？”

“我去今晚的演出场地看看。”

“哦。”苏曳鱼的脸有点抽筋，一滴雨水顺着伞沿滑到她的耳朵上，她甩甩头，雨水被甩到了嘴角。

夜晚七点，校园文化节大学生活动中心。

大厅外贴着华丽的演出海报，画面上春色柔嫩，杜丽娘的水袖在阳光下荡漾着惊艳的波光，指尖风姿如梦似幻。那略略冷淡又风情万种的嘴角，比春水更美的眼波，仿佛正注视着每一个路过的人。无论是谁经过，都无法不停下脚步多看几眼。

场内早已人山人海。

君子潋几人一登场亮相，便引来满堂喝彩！

华美的布景中，他们像是来自美梦深处的精灵，在春日的雨丝风片中苏醒。那未经雕琢的璞玉般的鲜活，惊艳动人心魄。

观众中有一个须发斑白的老者，一直凝神看着台上的表演，眼里渐渐露出赞许的神色。

“原来姹紫嫣红开遍，似这般都付与断井颓垣。良辰美景奈何天，赏心乐事谁家院？朝飞暮卷，云霞翠轩；雨丝风片，烟波画船。锦屏人忒看得这韶光贱！”

戏中的杜丽娘由丫鬟伴着在后园游春，容颜清婉冷艳，不似尘世中人。一声声唱词，仿佛将观众带入了那满目繁华尽荒凉的庭院。

几折戏下来，君子澂在潮水般的喝彩声中到后台换妆。

走下台阶时，他突然看到黑暗的角落里，有一个女子的身影，漆黑如水草的头发闪着幽暗的光，像凉水一样浸没在黑暗里，他怔了几秒，突然着魔一般追了过去！

“怎么了？”苏曳鱼愣了愣，抱着戏服小跑追在他身后，“还有一折戏呢，你去干吗？”

君子澂冲到那个离舞台极近的角落，才发现四周空空的，根本没有什么女子。

只是幻影？

少年抿唇不语，就算是皎艳的妆容，也掩盖不住他眼底的那份冷冽。某个可怕的影子在头脑中隐隐现现，清越如水的声音在记忆里摆荡，像是永恒的诱惑，又像是漆黑的深渊。

他突然生气地一把抓住苏曳鱼的手：“谁让你跟过来的？”力气之大，让少女顿时吃痛委屈地吸了一口凉气：“干吗这么凶啊……”

苏或也匆匆跑了过来："子潋，快！要开戏了！"这是最后一折《还魂》，曾经的书生柳梦梅已经脱掉了寒酸的儒衫，穿着一套鲜艳威武的官服，加上苏或身材本就修长，显得分外轩昂夺目。可惜——

苏或跑得太急，被地上一根音箱线绊了一下，顿时摔得四脚朝天！

君子潋一怔，只见剧中谦谦儒雅的柳梦梅摸着摔疼的屁股，毫无形象地手脚并用爬了起来："快点快点！"他接过戏服赶紧为君子潋换，熟练而迅速地解他的扣子，让白皙的肩膀露了出来……接着上下其手，很快把手上的戏服为他穿上，再为他束好腰带。

最后，苏或将双手搭在君子潋的肩上，看着他的眼睛："没问题吧？"

君子潋眼神一沉，点点头。

苏或露出大大的笑容。

他们默契十足地正要登台，苏或这才注意到旁边还有个龙套："苏曳鱼，你还在这儿啊……呃，你怎么流鼻血了？"

"……"

一场戏终于有惊无险地演完了。谢幕时，掌声如潮水经久不息。君子潋几人谢了三次幕，才在沸腾声中盈盈返回后台。

等君子潋卸完妆，露出清俊如冰的眉目，才发现苏曳鱼不知什么时候站在他身后。少女碎碎的短发像春天的绒草，扎在雪白的颈项上，大而亮的眼睛毫不客气地瞪住他的。

"刚才，你好像吃错药了。"苏曳鱼的直觉一向很准，"发生什么事了？”

“你想多了。”君子潋淡淡回了一句。

“拜托。”苏曳鱼挽起袖子，露出自己的左手腕——晶莹的肌肤上有一圈隐隐的红痕，是刚才被君子潋捏的。

少女好整以暇地看着少年，显然没有打算让他糊弄过去——给个解释？

“抱歉。”君子潋的目光微微回避。

苏曳鱼心中的疑惑更深。那时他的眼神，那样热烈而矛盾，带着隐隐的恐惧和悔恨，究竟是什么东西、什么事让他这样失态？

自从相识以来，君子潋的每一个眼神，她都不曾错过，只有这个眼神，是她完全陌生的。

三、危险的歌声

夜色幽暗，君子潋独自走在回寝室的路上。

他第一次没有和工作人员一起整理现场，自顾离开。

寒风中的树枝像一条条伸向天空的手臂，仿佛要抓住什么往事。黑暗像华丽冰凉的锦缎，将他的呼吸勒紧。他想逃到温暖的地方，却又贪恋这冰冷的痛苦。

宿舍楼就在不远处了，这时，小路上突然传来哭喊声：“救命！救命……”湖滨有一条阴暗如原始森林的小山路，经常发生打劫事件，是流氓出没的绝佳地点。

君子潋循声冲了过去。

只见树丛边两个男人正架住一个女生，一个粗鲁地抢夺她手里的书包，一个抓住她的头发。

按照狗血剧里约定俗成的情节，君子澂应该喊一声“住手！”一脚朝那正在抢夺东西的流氓踢过去。对方的牙齿顿时掉落了三颗以上！到第二脚时，另一个流氓滚到地上，发出一声杀猪般的惨号：“老子的腰断了……”

以上——

是君子澂冲过来之后，被救的女生自动脑补的场景。

事实上，虽然君同学会一点跆拳道，但他很快就被掀翻在地！原因很简单，首先，劫匪兄弟是练过的；其次，他们有刀——就是那种实名制才能买的大菜刀。

还在剧场清理东西的苏曳鱼眼皮突然重重跳了一下，她揉揉眼睛，心中涌起莫名的不安。

幽暗的小路上，寂静无声，君子澂感到胸前一凉，像是无数次在梦里出现的冰凉的河水灌入了胸腔，他的意识在瞬间变得模糊，视线中最后看到的东西……是一条灰色的大围巾。

“救我……求你……救我……”

少女黑色的长发像水草一样飘荡，她趴在河边的柳树旁，露出苍白纤细的手臂和脸孔，眼睛美如清晨露水，蓄满哀伤恳求。

孩子拼命跑着，跑到筋疲力尽，有一个声音在他耳边说：“不要回去，不要回去……”

但孩子终于还是转过身。

只见一个绿色的东西在水波中闪闪发光，四周百鸟鸣叫，宛如仙乐。孩子惊喜地正要去捡，一个巨浪打来，将他整个卷进混浊的浪头里！

“不——”君子溦骤然睁开眼，冷汗浸湿了衣背。随即而来的疼痛和晕眩差点让他再次失去知觉。

“君子溦！你终于醒了！”

耳边传来模糊而惊喜的呼唤声。君子溦努力挥去眼前的黑暗，视线中一张双眼红肿的脸逐渐清晰：“你已经昏迷四天了！”

苏曳鱼的样子活像一只小兔子，睫毛潮潮的。旁边的苏或也好不到哪儿去，一个一米八几的大男生这副表情，几乎让人以为他在演韩剧。

君子溦环顾四周——雪白的墙壁和床单，手上还挂着输血的吊瓶，似乎……是在医院里。

“你被劫匪砍了两刀，差点没命了，你知道吗？”苏曳鱼慌忙阻止了他想要坐起来的行为，“虽然没伤到要害，但受伤大出血，送到医院时你四肢都凉了，差点抢救不过来……”

看着她不知是熬夜还是哭红的眼睛，君子溦怔了一下，虚弱地转移话题：“那个女生没事吧？是谁送我来医院的？”

“别提那个女生了！看到你被砍伤倒下，早就不知去向了！幸好多叔及时赶到，看到这一幕，把你送到医院。”

“多叔？”君子溦想起视线最后看到的灰色围巾……原来是他。

“多叔来看过你几次，今天也来过。”苏曳鱼边削苹果边说，“好多同学都来看过你，对了，要给你爸妈打个电话吗？”

苏或突然按住她的手，投过来严厉的眼色。苏曳鱼一怔——她是不是说错话了？

床上的君子溦容颜如雪，只稍稍沉默了一会儿，就和平时一样冷淡地回答：“不用了，我没有他们的电话。我爸妈在我五岁时离了婚，他们都不要我。”此后外公收留了他几年，等外公去世后，他没有一个亲人，就被送往孤儿院。

少年嘴角浮起清冷的弧度，“不过没关系。现在，我一个人也可以生活下去。”

苏曳鱼愣了，这些，她从来没有听说过。

“……”少女转过头去。

苏或以为她要哭，却见她抬起泪盈盈的眼睛，猛地将只削了一半的苹果塞进他张大的嘴里，“君子溦果然还是和你这个朋友的感情最深厚……他的秘密只告诉你！”

原本沉郁的氛围突然被搅得乱七八糟，莫名的小小的喜感飘浮在空气中，冲淡了悲伤。

君子溦闭目休息了一会儿，突然想到了一件重要的事情，忍住疲惫强打精神问苏或：“那件事怎么样了？”

苏或紧紧抓住君子溦的手，俯在他耳边轻声说：“我赢了。”

君子溦苍白的嘴唇露出难得一见的微笑，失血过多的身体十分虚弱，沉沉的睡意袭来，他放心地任由自己再次坠入梦乡。

蒙眬之际，他还想到了一个问题，床头这么多鲜花是怎么回事？就算开花店，也用不着这么多花吧……

四、水中妖

几日后，君子潋出院，才发现自己成了校园公众人物。

走在哪里都会遭遇无数仰慕和好奇的眼光，而医院里那些鲜花，原来是许多同学自发来看望他时送的。

这天中午，多叔刚把一批热心同学哄走，顶着睡眠不足的黑眼圈回到楼管室，突然发现门口站着一个客人。

“给你添麻烦了。”少年气色还有些苍白，轻声咳嗽，眼神却不再是薄冰般的冷漠。

“这点麻烦都摆不平，会被后勤部炒鱿鱼的哦。”多叔笑眯眯地说，“这本来就是我的工作，没有特别关照你，不用介意。”

君子潋顿了一下：“那么——多谢你那天救我。”

“我凑巧路过而已。”多叔打着哈哈，“不过我破费打电话叫了救护车，三毛钱的市话费，在你这个月的水电费里扣。”

“……”

“可是，那个时候，我感觉你是从天而降的。”君子潋盯着他的眼睛，“你的围巾扫到了我的脸，你的身影像树上落下的树叶，轻盈迅猛。”

“那是你昏过去之前的幻觉……”多叔认真地睁着无辜的眼睛，看上去就像一头单纯的大绵羊。

“不请我进去坐坐吗？”君子潋没有与他争辩，只勾了勾唇角。

头一次被少年主动要求，他是应该感到荣幸吧？多叔嘴角抽搐——真是执着的少年啊……

楼管室的环境与上次又有不同，浓郁的早春气息充斥在鼻腔里，舒服得让人想打喷嚏，就像空气中有看不见的草尖在挠人痒痒。而薄雪的窗口，竟然开出了娇艳的桃花——这是今年学校的第一枝桃花吧？

“大叔，你说世界上真的有妖怪之类的东西吗？”君子潋坐在熟悉的椅子上。

“我没有见过。但没见过的东西，也不表示就一定没有呢。”多叔笑眯眯拿出一盒松子款待客人。

君子潋一怔，有些哭笑不得——

是上次窗口上喂松鼠的送子？

少年剥开一颗放进嘴里，是微微苦涩的。但坐在这里，不知为何他的心情能舒缓地平静下来，像微风止静的竹林，任日光轻柔摇曳，抚弄着午后倦意的时光。

“我遇到过妖怪。”君子潋任自己放松地仰靠在椅背上，双目微闭。

“哦。”大叔温厚地应了一声。

“我六岁时跟着外公住在一个偏僻幽静的小山村。那里有一条大河，河边种着成排的柳树，夏天我经常去那里玩耍。就在那条河里——我遇到了一只水妖。”君子潋低磁而好听的嗓音，就如同在讲故事一般。

水妖是十七八岁少女的模样，脸颊像剥过皮的柳枝一样白皙娇柔，黑色的长发像微卷的水草一样散在河里。她总是在离人远远的河水中央唱歌，歌声宛如美人鱼般清亮婉转。

“虽然我们从没有说过话，但我总能远远看见她，我知道，她也看见我了。

“有一个傍晚，我在河边玩耍时，远山突然传来沉闷的雷声——那是要下暴雨的前奏。事实上，那个夏天，村里已经有过好几场暴雨。我正想赶在大雨来临之前回家，可河水瞬间涨高了许多，水下仿佛有什么东西，将清澈的河流翻卷得浊浪滔天……水妖惊恐地停止了歌唱，用手臂遮挡住脸孔，想要阻止什么，可下一刻，她就被卷进了水里！

“我看不清水下搅腾的东西，但水妖显然不是它的对手，她拼命挣扎出水面，肩膀上流着血受了伤，随后她迅速游到离岸不远的地方，紧紧抓住一棵柳树垂下的茂密枝条。

“那时，她离我不远，黑色的长发飘荡在水里，肩膀上渗出惊心的血迹，脸色苍白而惊恐。我想冲过去帮她，只见她惶急地摇头：‘你的力量不够的！去叫你外公来！快！’

“我相信了她，转身就跑。不知道跑了多久，我突然发觉口袋一空，是外公送我的哨笛掉了！那是我童年收到的唯一礼物，六岁生日那天外公亲手为我做好的，它能吹出几十种鸟叫的声音，是我最珍爱的东西。孩子对心爱的礼物有种近乎偏执的感情，也许你不相信，那时的我觉得，这只哨笛比自己的生命更重要，我绝不能失去它。

“明知道水妖还在等着我，我还是忍不住转回身，去找那只哨笛，我沿着小路一直跑……不知跑了多久，仍然没有找到我心爱的哨笛。

“等我带着外公和其他大人到河边时，水妖，甚至那棵柳树都不在了，只有河水滚滚流过。

“那晚……我发起了高烧，迷糊中，溺死的水妖凄厉地质问我：‘为什么不救我？’她黑色的长发像水草一样缠住我的脖子，她的手臂挥动溅起的冰凉水花，像蛇信子一样舔着我的皮肤。有好几次，我以为自己就这样被她拖到阴凉的水底去了。

“这个梦，伴随了我十年。每当我生病，水妖的样子就会格外清晰。我想，是她的怨念一直不能散去，才会反复在我的梦境里徘徊吧……”

少年喃喃低语，说到最后也有浓浓睡意，眼睛不由自主地合上，修长的睫毛覆盖住眼睑，睫下一滴泪珠轻轻滑过冷峻如雕的脸庞。

窗外的桃花枝上还有残雪，被午后阳光一照，盈盈欲融。

从头到尾，听着故事的多叔都没有打断。

直到少年睡着，他才取过一床毛毯，温柔地盖在少年身上：“不。你是个好孩子。”

君子潋醒来的时候，淡金色的阳光已经变成了深红斜坠的夕阳。他微微一诧，不是因为自己睡了这么久，而是因为……

这一觉中没有梦。

那时常纠缠着他的，水妖苍白的脸孔、漆黑的长发、冰凉的河水都不曾出现。他睡得如此平静，像襁褓中的婴儿，在母亲的怀抱中入睡，醒来时有种幸福的慵倦，许多天的疲惫都在这个空白无梦的好觉中消失不见。

“醒了？”听到他起来的声音，多叔甚至没有回头，他正在清理报纸，很是忙碌。

君子潋走到他身旁，清冷的声音难得有一丝温度：“多叔。”

多叔这才抬起头：“啊？”

“你不是普通人吧。”君子潋说到这里，嘴角勾起一点好看的弧度，“你不用承认。放心，我不会说什么的，谢谢你听我的故事。”

多叔摸了摸鼻子，突然展露出一个大大的笑容：“君同学，你曾经说过，水妖的歌声，只有昆曲能媲美？”

“是。”君子潋点头，“当初在孤儿院，有人资助我们组成孤儿特长班，许多小朋友都选择二胡、跳舞什么的，只有我选了最冷门的昆曲。”连他自己也不知道，为何念念不忘水妖那婉转轻扬，带着黑暗诱惑与危险的歌声……在上学之余刻苦练习，才有如今不逊于艺术特长生的精湛唱功。

“你有没有想过，或许，你被那只水妖附身了？”多叔狭长的眼睛露出莫测的笑容，“所以你的杜丽娘才能演得那样出神入化。”

君子潋一怔，表情突然凝固：“别开玩笑了。”

“哈哈，你怎么知道我是开玩笑的……”多叔的笑容迅速变大，可爱至极，好像刚才的话真的只是恶作剧而已，“这些东西或许能帮助你。”他把他刚理出来的几张报纸推到君子潋面前——报纸微微发黄，显然有些年份了……再看日期，是十年前的报纸。

多叔……他是怎么找出来这些连图书馆也未必会保存的旧报纸的？

君子澂已经无暇顾及这个问题，因为他的注意力全被那几行字所吸引。顺着发黄的字迹一行一行读下去，少年的脸色渐渐变得苍白。

五、失踪

那天黄昏之后，君子澂突然失去了踪迹。

教室里没有他的身影，手机关机，QQ 头像永远是灰色的。

苏曳鱼找遍了所有他可能去的地方，始终一无所获。此刻，她充满挫败感地坐在君子澂宿舍楼下的小花坛上，细雨纷纷，濡湿了她的头发。这时，头顶突然撑起一把伞。

“君子澂？”她惊喜地抬起头，眼中的火花却慢慢化为失望……不是他。

撑伞的人笑眯眯的，穿得厚实又温暖，是棉花糖一样萌的多叔。

“你在找君同学？”

“……”废话。

“你担心他？”

这一瞬间，雨水落在苏曳鱼的脸上，让她有种想哭的冲动。是的，她担心，他在哪里，是否平安，有没有被歹徒报复？

曾经，她给他写了表白信，却不敢写下自己的名字。

曾经，她、他和苏彧一起去做社会实践，三个人经过一栋居民楼，只见很多人围在楼下，有个肥胖的女人正慌乱痛哭——她出来倒垃圾，把钥匙忘在了屋子里，一岁的小女儿爬到了阳台上，无数围观者没有人出手帮助。

“或，你去报警。”君子澈沉声命令。苏或立刻点头，奔向最近的公用电话亭。

而君子澈自己则奔进楼里，敲开四楼另一户人家的门，打开窗户，爬上空调和排水管——那时人群中发出一阵尖叫，苏曳鱼只觉得阳光刺目得像鼓槌一样敲在胸口。有几次，她都觉得他要掉下来了……直到君子澈进入阳台抱走婴孩，她依然傻着，脑子处于瘫痪状态……

不知过了多久，他面无表情地站在她面前，拉了吓呆了没回过神的她一把：“去找或，让他不用报警了。”

那一刻，少年的白衬衣上带着好闻的汗味，额发微湿，冷峻紧抿的嘴唇看似不近人情。而她被他拉过的掌心，滚烫烫的，像一只正在燃烧的小太阳。

她的目光，也许就是从那一刻开始凝望他的吧。

他真的是一个很好很好的人。即使再耀眼的优秀，也不能掩盖他的好。

苏曳鱼的眼泪终于掉落下来。

“对不起啊，把你弄哭了呢。”多叔似乎对女孩子的眼泪很没有办法，掏出纸巾递给苏曳鱼，“也不用太担心啦。”

苏曳鱼抬起蒙蒙泪眼看着他。

“没办法……”多叔站起来，露出温暖笑容，“作为补偿，我给你讲个有趣的故事吧。”

六、没有结束的故事

天近黄昏，河边旧柳绿意试探，护城河被镀上了一层淡金色，少年抱膝坐在夕阳下，孤直的脊背就像一幅油画。

苏曳鱼远远地看着他，突然不忍心再往前走。

同来的还有一个中年妇人，脸庞光洁柔和，及腰长发浓密漆黑如水草，是个不折不扣的美人。妇人迟疑地看了苏曳鱼一眼，见对方点头，才迈开脚步走到河边的柳树下："你是……"

君子潋抬起头。

"啊，真的是你！都这么多年了……"美妇人惊喜地将君子潋拉住上下打量，"你还记得五峰小山村，水中的戏台吗？"

四天前。

多叔递过来的旧报纸上，新闻标题赫然写着——特大洪水袭击宜昌五峰小山村，死亡人数过百。

所有的往事骤然被这则新闻掀开。

阳光霸道地掀开记忆的迷雾，让真相赤裸在人的头脑中……

君子潋六岁那年，跟随外公住在一个小山村，那里荒僻偏远，但自然造化美不胜收。在浅浅的河水中央，有个天然形成的宽阔石台，一个巡演的昆曲戏班每天就在水中间的舞台上为村民们表演。

那年夏天，洪水袭来了。

灾难发生时，大人们都在忙着修堤坝，昆曲戏班也不再演出。

君子潋每天困在小屋子里望着外面阴沉沉的天气，无聊透了。有一天中午，雨突然收住了，天空白得发亮，连远处山头的树木都清晰可见，他悄悄溜了出去，跑到以前听戏的河边去玩。

可眼前的情形变成了他完全陌生的，原本清澈的小河浊浪滔天，黄色的河水像一头发怒的小兽，吼叫着奔突。原本高出河面好几米的“舞台”，被淹没得只剩下一点露出的青石——而快要被淹没的地方，竟然有人！是戏班子里最美的那个女孩，她不知道为什么会在那么危险的地方，全身都湿透了。很快有大浪打过来，她被卷进了水里。

幸运的是，她抓住了垂在离河岸不远的柳枝，在水中浮浮沉沉，君子潋想去拉她，但够不着。她哭泣着朝孩童求救，说：“你的力量不够的！求你……叫大人来，快！”

君子潋是想救人的，但在半路上，他发现自己心爱的一件玩具不见了——正是那只哨笛。

鬼使神差，他在自己的玩具和别人的性命之间，选择了前者。

那时，多叔说：“那只‘妖’，就住在你的身体里。”

是的，那只“妖”，就住在他的身体里——美丽而黑暗的水妖，是他不愿面对的痛苦和恐惧化身而成。

这么多年来，他因为不能接受那个害死过人命的自己，宁愿相信回忆勾勒出的幻象。

所以，他收到了苏曳鱼的表白信，认出了她的字迹，在雨天去情人坡赴约，却不敢承认——

他不知道自己在逃避什么。

那时，无数灰尘在阳光里飞舞，多叔的视线投过来，仿佛一束光，轻松勘透他的内心："你觉得，自己是个冷漠自私的人吧？"

少年苍白着脸站在门口，手中还拽着那张泛黄的报纸，夕阳的血色溅满他的白色外套。

他艰难地点了点头。

"那又怎么样？"多叔满不在乎地眨了眨狭长的眼睛，认真地说，"美德，原本就是自私的土壤中开出的人性之花……经历过成长，才能挣脱冷漠的尘埃，给人温暖的希望。"

夕阳照在美妇人的身上，拖出长长清晰的影子。她的手掌温暖柔软，脸庞仍有旧时的轮廓。

那天在剧院出现的人，并不是幻影！

"你……还活着？"君子澈向来稳定的声音止不住发抖。

"我当然活着哦。"美妇人微笑，"当年我只是被剧团先赶来的人救走了。那时洪水肆虐，我们来不及跟村民们道别，就离开了那个小村庄。后来我们又去过很多地方，但那个小山村的美景，我一直不曾忘记哦。因为我和我先生，就是在那里相恋的。"

说到这里，美妇人露出腼腆的神情："那个时候，我冒险跑回'舞台'，是找东西去的——他送给我的一块小镜子，值不了几个钱，但不知道为什么，那时我就宁可丢了性命也要找到它呢。少女心真是奇怪啊……当年真要谢谢你，你还那么小，却拼命想帮我，才让我没有放弃努力，一直等到获救。”

七、春夜童话

早春星空清凉，夜风起时，将大片繁星吹落到树梢，树叶上斑驳着点点亮晶晶的诗。

502 宿舍的灯亮了。

“子潋？！”苏或打开门，看到熟悉的人影，愕然半晌，突然一拳揍过去，将君子潋打得踉跄后退。

随即，他伸出双臂，一个用力的拥抱将君子潋紧紧抱住：“你去哪里了？”

旁边，被自动无视的苏曳鱼脸部抽搐，挤出两个字：“你妈！”

“啊？”苏或郁闷地说，“干什么骂我？”

“我没骂你。”苏曳鱼让开，只见她身后，站着一个微笑的美妇人，“你妈也来了。”

“……”

“实在想不到，当年的小男孩就是小或的好朋友君同学……”苏或妈妈微笑着往事娓娓道来，像少女般花痴地双手合十：“这就是缘分呢！君同学可是帮小或摆脱了爸爸的‘魔爪’呀！”

星光调皮地从窗口探进来。

苏曳鱼立刻冲了过去，两人双手互握，相见恨晚。“摆脱伯伯的魔爪什么的，是怎么回事啊？”

苏或妈妈微笑着回答:“哦哦，是这样的，小或爸爸要求他毕业后进入公司里继承家业，但小或喜欢昆剧，不肯妥协，最后他的爸爸骑虎难下，扔下一句‘除非你能让那个姓叶的说你能演昆剧，否则给我老老实实滚到公司里来’的狠话，叶老先生是国宝级的昆剧大师，我在戏曲团几十年，都没有见过真人呢。

“小或真是有决心的孩子，还找到了君同学这么天才的……哦不，朋友，趁着校园文化节的机会，竟然真的把叶大师也吸引来了，对方还邀请他毕业后到自己的剧团来。他做到了，赢了他爸爸呀。那天我偷偷去剧场看了，表演得太好了，小或和君同学就是天生一对！”

“妈——”苏或终于忍无可忍地暴走了，“你确定那时候淹在水里，水没有进脑子吗……”

春风拂动，树叶发出沙沙的微笑声。

楼管室，多叔正准备关门。他抬头看了一眼五楼的窗口，打了个哈欠:“很热闹呢。”

一只红毛松鼠跳到多叔的窗台上，尾巴扫过柔嫩的春夜，它抱起松子，轻巧窜进夜色里。

小白吃黑

我一直以为，陈墨根本不会谈恋爱，就像牛不会弹琴，猪不会弹琵琶。

一

“你怎么回事？从今天早上起来就不对劲。”阿晴故作无辜地瞅着变成化石的我。

“我哪有不对劲……”我嘴硬，抓起报纸盖住自己的脸。我嘴硬时就会脸红，偏偏放大到眼前的就是校报上那人熟悉的脸。顿时，我本来极力克制的脸部血液立刻泛滥奔流。

“你的脸要把报纸点着了！”阿晴死没义气地、一点也不体贴地把我蒙头的报纸扯下来。我哀怨地瞪着这个外表甜美动人的恶棍室友，我忍。

“不用忍啦，你的脸上可以煮鸡蛋了。”阿晴轻描淡写地提醒我。

我猛地站起来，高高扬起手中的报纸！然后……底气不足地将它轻放在桌上，以标准的不自信腔调问：“那个连照片也不敢公布的什么‘紫罗兰’，应该没校报上说的那么好看吧？”

阿晴同情地看了我一眼，悠悠然反问：“你说呢？”

二

我的名字叫贝小白。我一直很悲愤，爸妈为什么给我取个这么没有技术含量的名字，导致我的人生也同样简单乏善可陈。用我的室友阿晴的话说："谈笑有鸿儒，往来无白丁，你当然不是白丁。最多只能算白痴……"

黑白颠倒的世道啊，难道只有腹黑才是王道吗？不，至少我身边就有一个例外——我青梅竹马、从小玩到大的死党陈墨。

这家伙是学生会体育部部长，走在偏僻的小巷子里喊一声"打劫"估计能让许多男人毫不犹豫地慌张掏钱包。就是这么一个小麦肤色的大个子，性格却温柔腼腆，就算看到熟人也会羞涩。而且这家伙从来不知道浪漫为何物，更不会讨女孩子欢心，每次我过生日都只会送书——不是漫画书，也不是轻小说，而是《每天锻炼一小时》《羽毛球技法百式》……这么没有情调的男生，就算有几分姿色，也一定找不到女朋友！

可是突然有一天，我看到校报副刊的八卦头条，说陈墨在校门口的小吃店约会。新闻为了保持神秘感，没有透露约会女生的姓名，只用了个令人遐想的称呼"美丽的紫罗兰"。

我一直以为，陈墨根本不会谈恋爱，就像牛不会弹琴，猪不会弹琵琶。我们从 3 岁进幼稚园就是哥们儿，我最了解他了。那时他不喜欢吃胡萝卜，又怕老师骂，总是央求我帮他吃掉；他性格羞涩，声音比蚊子还小，我则很威风地承担起罩他的任务。

也许是因为太熟了，我始终理所当然地以为陈墨就是那个不敢吃胡萝卜的小屁孩，但我似乎忘了，初中时我被几个混混打劫，一向不爱与人争执的他竟动手打了人，而那时我只敢躲在他身后……而不知从什么时候起，他竟然长得比我高了，而且这个差距还在不断扩大——到高中之后，我要踮起脚来才能够得着他的头了。

而上了大学之后，他在开学典礼上代表几千新生讲话，一身制服俊朗明亮，让九月的蓝天也黯然失色。我仰头看他，看到脖子也酸酸的……

“陈墨也算学校的名人了，真搞不懂他怎么会有你这么白的小学同学。”阿晴无奈地摇头。

“我说了，我们不是小学同学！”我立刻纠正：“而是幼稚园同学、小学同学、中学同学、高中同学、大学同学！”

阿晴笑眯眯地摊手：“可是，爱情不讲先来后到。”

我气结，只见阿晴满脸真诚地吃里爬外：“我真心觉得‘紫罗兰’不错，光看背影和气质也惊艳——这年头身材好又爱运动的阳光美女，比宅在电脑前刷微博的废柴好太多倍了。”

废柴？你是在说我吗？——

我悲愤地瞪着边刷微博边落井下石的阿晴，突然注意到了墙上的一副羽毛球拍。

那是我和阿晴一起去买的。陈墨从小教我羽毛球，所以我打得还不错，在高中时还曾经拿过学校名次，只是懒很久没有打了。阿晴也是羽毛球爱好者，两个月前，听说学校有夏季运动会，我们两个宅女也动了心，一拍即合地凑钱买好羽毛球拍，准备好好训练去参加。

于是很快，羽毛球拍就成了我们寝室的一道风景线——挂在墙上没人理会的风景……

我这个人有拖延症，特别是对于自己不想做的事情，总是会想，再放一天……最后不了了之。

三分钟的热度过后，我和阿晴彻底忘了关于羽毛球的故事。

球拍上面已经沾满了灰尘，就像我们曾经信誓旦旦的训练计划。我转头看到镜子里的自己，乱蓬蓬的大睡衣，苍白的脸上顶着黑眼圈，身后是屏幕蓝幽幽的电脑。

就像毒舌阿晴说的，谁都会喜欢阳光美女，不会喜欢对自己没任何要求的废柴吧——

这一刻，我突然下定了决心。

“阿晴，我们去打球！”我突然取下球拍的动作把阿晴吓了一跳，不不，应该说球拍上的灰尘呛得她咳嗽了几声：“怎么了？”

“关笔记本，换下睡衣，穿好球鞋！”我命令，“以后每天都要训练，别忘了我们买球拍时是怎么说的！”

电脑走开，汗流起来！两个女孩笑嘻嘻击掌时，不是没有热血的。

只有做更好的自己，才能战胜那个“紫罗兰”吧。

“啊。”阿晴慵懒地从电脑前抬起大眼睛，满脸佩服地看着我：“情敌当前，化悲愤为色胆了……可是，贝小白你行吗？”

三

清晨，闹钟已经响了五次。

——我用被子蒙住脑袋，只想再多睡一分钟。怎么没有人告诉我，长期不运动之后打球，全身会酸痛到这个地步？

下铺的阿晴也没有动静，昨天两个小时下来她就趴下了，回来的时候是我连拖带拽弄回寝室的。

等闹钟再一次孜孜不倦地响起时，我看了眼时间，十一点半……我有气无力地爬起来，把阿晴也拖下床。

看来，今天的训练计划是泡汤了。好在上午没有课，不用为睡懒觉逃课而挖空心思写假条。

窗外阳光清澄雪亮，已是热辣的正午。

我们俩可耻地端着饭盒直接晃悠进食堂。熙熙攘攘的人群中，阿晴突然拉了拉我，我脚步一顿，只见不远处拉面排队的队伍中，有一个高大熟悉的身影。

虽然世界上身高体格相似的男生不止千万，但陈墨的背影我绝不会认错。

他身边还有一个人。

那个师姐我认识，是外语系的，叫罗紫妍。去年的校运会上她表演艺术体操，力与美完美呈现，翩然优雅如精灵，不知惊艳了多少目光。此刻，她正和陈墨两人有说有笑，在旁人看来应该是赏心悦目的画面吧？可我却不敢再多看一眼。

紫罗兰，罗紫妍……原来如此。

我不知道自己为什么要扭头就逃，生怕与他们面对面碰到。咽下一口唾沫，却咽不下喉咙里苦涩而心慌的味道。

阿晴追着我从食堂出来：“这就落荒而逃啊，弱爆了……”

我不理会她，一个劲儿往前走，突然撞到了什么东西，眼泪差点结结实实掉了下来——是疼的，我的鼻子重重撞在了一个胸膛上。我揉着可怜的鼻子眼泪汪汪地抬头，只见眼前是个背着相机的清瘦男生，轮廓深刻得好像 PS 过的电影海报，眼睛里沉着海水融化般的冷冰色。

他的视线在我脸上略略停顿了一下，嘴角勾起一个讥诮的弧度："当心点，贝小白。"

——他怎么会知道我的名字？我怎么也想不起来在哪儿见过他。

不等我开口说话，他已经自顾走了过去，姿态倨傲旁若无人。旁边几个女生露出惊艳的表情，悄声议论。

"小白小白！"阿晴也赶了过来，神秘兮兮地压低声音说："你知道刚才那个是谁吗？"

"谁啊？"

"校报记者团的团长卫礼特。"

哦，这个名字我听过，是今年学校 BBS 上评出的校草。外表倒还在其次，最可怕的是，全校没有他挖不出的新闻。不管是学校食堂变相涨价的内幕，还是学生会选举拉票的丑闻，甚至连校长办公室超额动用经费预算安装奢侈空调，都逃不过他的相机和笔。隐藏在冰山外表下的，是旁人无法想象的闷骚犀利……

虽然是无孔不入的记者团团长，但也不至于，会认识我这个无名小卒吧？

"他朝那边去了耶！"阿晴指指食堂里面。我朝里面看去，那正是陈墨和罗紫妍的方向。

一个念头从我的脑子里跳了出来——

在校报副刊上爆出陈墨八卦的，难道就是这个大记者卫礼特？

夜色降临，四周渐渐清凉下来，我心里的烦躁却一点儿也没有减少。按了又删，删了又按好几次，我终于拨通了陈墨的号码。

“嘀——”听着熟悉的等待铃声，我的心跳竟然有些加速。

很快，电话那端传来熟悉的声音：“小白？”陈墨的声音有些含糊，像是正在吃东西。

“你……在忙吧？”也许是因为白天的情形，我和陈墨说话也没了平时的无拘无束。

陈墨却压根儿没意识到我的尴尬：“我在校门口的蓝茵咖啡店，吃东西。”

我心中莫名地一沉，直觉让我有点心慌，但我还是自欺欺人地问：“你……一个人啊？”

“没有，两个人。”陈墨向来坦率，根本不知道什么叫撒谎，甚至生怕给我留点希望地又加了一句，“和一个特别的朋友。”

电话依稀传来女生娇柔的声音，说了句什么虽然听不清楚，但被宠溺的幸福感觉还是透过听筒传入我的耳膜，如同麦芒，刺痛。

我的心整个落了下去，茫然而难过，但我还是违心地扯出一个难看的笑：“对方，很不错吧？”

“下次介绍你认识。”陈墨在电话那端声音温柔带笑，就像所有沉浸在恋爱中的大男生一样。

我怕自己下一秒就忍不住说出不该说的话，只能快速地说：“哦，好。我还要背单词，先挂了。”

放下电话，我怔怔地想起，以前陈墨一直对我很好。记得去年冬天下了罕见的大雪，遍地都是鹅毛雪和冰块，我嘴馋想吃聚贤阁的酸汤鱼，早上才在电话里流口水，中午酸汤鱼就送到寝室楼下来。陈墨肩上堆着厚厚的雪花，裤脚一直湿到了膝盖以上……我不是没有感动的，但又不好意思说谢字。只有低声说："我只是说说而已，你这么讲义气干吗？"

他好脾气地微笑："我怕你忍不住出校门口去吃，现在路面太滑，不安全的，还是待在寝室里，等天晴了再出门吧。"

我本来还想说什么，但这只呆头鹅已经把暖融融的保温盒递给我，说："那我先走了。"

每次都能少说则少说，多说一句好话会死人啊！我心里的感动被郁闷给代替了。

从往事中回过神来，我这才想起，忘了提醒陈墨有记者团的人在跟踪他的事——

第二天，校报八卦副刊上登出了陈墨和紫罗兰在蓝茵咖啡店的照片。

路灯朦胧，紫罗兰依偎在陈墨肩上，仍然只露出了后侧影——也许是大记者的绅士风度让他对女生留情，没有照出罗紫妍的正面。但那修长美丽的身影，却让我的眼前一片酸涩模糊。

四

接下来的一个月，我训练得很用功。也不知道在和自己较劲，还是在和谁赌气。阿晴也知道我憋了一股劲，任劳任怨地陪着我——朋友就是这样，她会一边毒舌地嘲讽你，一边用尽全力地帮你。

转眼校运会到了。

室外气温高达三十九度，不幸的是，羽毛球场馆内空调坏了。

我和阿晴背着球拍汗流浃背地坐在一角等抽签排号。只见场馆外一个熟悉的大个子背影露了出来，正和工作人员说着什么——工作人员是个胖女生，满脸红扑扑的，眼睛亮晶晶地仰望着陈墨。

陈墨在体育部被不少女生暗恋，我也不是从没有听说过。那些女生对他的事如数家珍，他喜欢什么水果、喜欢什么颜色，甚至连他家养的大狗用什么牌子的沐浴液她们都清清楚楚。可是我知道……陈墨根本不养狗。

一想到自己也被归为无数炮灰中平凡而可敬的一个，我顿时不是滋味地扭过头去，却看到窗口走过一道紫色的身影。

是罗紫妍！她一袭紧身体操服更显修长，下巴微抬，犹如优雅高贵的紫天鹅。只见她走到陈墨面前，两人十分熟悉地笑着说什么，胖女生识趣地走开了。罗紫妍掏出小团扇亲昵地为陈墨扇了几下，陈墨不好意思地摸着头，露出两颗洁白的小虎牙。

那是我熟悉的小虎牙，曾经最不喜欢吃胡萝卜的，在哄我而扮鬼脸时笑出的亲切的小虎牙……像小兽咬在我心上。轻轻地，隐隐作痛。

只听有人喊抽签，我迅速扭过头去，想要甩开什么似的快步走到抽签台。

我们是第二组，对手是法律系的两个女生。刚开始时，我和阿晴确实占了点优势，但对方很快摸清了我们的破绽——阿晴身材娇小接后场高远球时力量不够，而我跑动速度又远没有快到能够前后兼顾。

对方找准了我们的罩门，连赢两局。

第三局从一开始比分就咬得很紧，对方急于获胜，被我们抓住了几次机会，而我们更是输不起——输了，就意味着被淘汰。

我在场上来回奔跑，两个杀气凌厉的后场球都被我斜杀过去扣网成功。到第三球时，对方改变战术虚晃一招，将球轻轻抛过网。

网前小球是我的弱项。

换作平时，我无论如何也接不住这一球。但此刻大脑还没反应过来，身体已经本能地冲了过去——

我们训练了那么久，不是为了连一关也过不了就灰溜溜地出局的——竞赛和爱情不同，汗水和挑战总是让人全力以赴，无所顾忌。

球拍与白色小球相触。小球被轻轻挑起，划出一道弧线……

落在地上。

没有预想中的好运……球没有过网。

我输了。怔怔而徒劳地看着球坠落在地上，我这才感到脚上一阵剧痛。阿晴突然冲过来扶我："小白！你的脚怎么了？"

我狼狈跌倒在地上，从右脚大拇指传来的剧痛几乎让我要叫出声来。这时，只见一个熟悉的身影突然出现在我的头顶，在我还没有反应过来时，脚上一轻，球鞋和袜子已经被人稳稳而迅速地脱下。

大拇指上沾着鲜红刺目的血珠，动一动便痛彻心扉，是指甲裂了。

"谁教你鞋带不系紧，还用那么大力奔跑的？"陈墨的脸色难看得很，我很少见到他发脾气，此刻我又疼又委屈，生气嚷道："要你管！"

陈墨二话不说把我背起来，阿晴连忙捡起鞋子跟在后面。

"阿墨，你去哪里？"只见罗紫妍从外面赶了过来，"到处都找不到你人，艺术体操比赛要开始了……"

"抱歉，你帮我请个假。"陈墨打断她的话，罗紫妍脸色复杂地看了我一眼，脸上浮现出明显的失落。

她还想说什么，陈墨却已经背起我朝医务室走去。

五

医务室里。

校医给我打了麻药，做了紧急处理之后，大拇指终于不那么疼了。从始至终，陈墨一直脸色铁青地忙前忙后，直到校医说"没有骨折"四个字之后，脸色才终于慢慢和缓下来。

我这才注意到，陈墨的后背全汗湿了。

"还疼吗？"他的声音比球场上温柔多了。

"不关你的事！"我顶了回去。不知道为什么，遇到陈墨我就会很不讲道理，就会火大。看到他的笑脸我就莫名委屈。

陈墨摸摸我的头，大手还是那么温柔包容："小时候就莽莽撞撞的，原本以为你会长大点呢。"说到这里，他打了个哈欠，我这才发现他的脸色有些疲惫，看得出这些天来准备校运会的忙碌。旁人眼里的光华，并不是生活真正的底色。

心疼的感觉像一口突然滑下喉咙的冰激凌，微痛微凉。火气什么的……全成了浮云。

"阿墨，生日快乐。"我低声说。

是的，今天是陈墨的生日。以往他生日都会和几个死党一起吃蛋糕，知道我嗜甜，总把最多鲜奶的一块切给我。

可是今年不会再有这样的机会了。他也许会和罗紫妍一起去咖啡店吃烛光晚餐吧。

我难过垂下头，陈墨不明所以地靠近我："怎么了？生日快乐说得这么悲壮，别人还以为是我的祭日……"

"你的笑话很冷！"我生气地在他头上敲了一栗子，他笑了起来，露出我熟悉的小虎牙。

六

"咳。打扰了。"门外传来冷冷而有质感的声音。

我抬头一看，来人竟然是卫礼特，他穿着薄薄的白衬衣，领口下锁骨依稀可见，像中世纪童话里走出来的欧洲贵族。脖子上挂着单反相机，颈项修长得令女生也嫉妒，可是眼底清凉讥诮的笑意却很欠扁。

"偷拍别人的花边新闻算什么大记者？"我生气地正要霍然站起，这才发现自己的右脚根本没有力气，只能用金鸡独立的姿势扶着床，跳脚般地怒斥他，"在校报上偷拍别人约会，现在还阴魂不散地追到校医院来，你到底想干什么——"

卫礼特的视线闲闲落到我的脸上。

那眼神太厉害了，仿佛一瞬间将我心中的酸涩、嫉妒和气恼看得透透彻彻。他俊美的唇角微弯，略带同情——真是个可怕的敏锐的男人！

只见阿晴拎着我的球鞋，心虚地从门外探出个头来。她先瞅了面若冰霜的卫礼特一眼，随即露出大大的狗腿笑容："小白你一定弄错了！

我相信卫礼特团长是不会做这种事的。”

咦？阿晴这家伙什么时候胳膊肘往外拐了？

“以深度挖掘校园大事而闻名的大记者，就算没有新闻可跟，也不会无聊到去做八卦副刊啦，就算要做八卦副刊，专业的单反相机也不会拍出分辨率那么低的照片……”阿晴继续溜须拍马，但她的马屁似乎拍到了马腿上，因为卫礼特冷冷哼了一声，直接无视她，朝陈墨走去。

“阿墨。”

“阿礼，你怎么来了？”

从始至终，卫礼特把我们两个女生当空气，只主动走到陈墨跟前。他们打招呼的神态，竟十分随意熟悉，看得出是老朋友了！陈墨回头微笑指指我：“这就是我跟你提起过的小白——这丫头常常迷糊，嘿，她刚才说什么呢？”

我愣了。陈墨和卫礼特提起过我？难怪那天他会叫出我的名字……

“你的女人很白，当然，我不是指皮肤，是指头脑。”卫礼特天使般的笑容与犀利的毒舌在一起，毫无违和感。

这句话的信息含量太大，我一下子反应不过来，只能呆呆地看着其他三个人。

“小白，忘了跟你说，一个半月前，我成为了记者团的实习记者。”阿晴心虚地嘿嘿笑了两声，试探地瞅着我，“团长这个人有点变态，哦不，是严格！他要求新人必须要做出连他也做不来的新闻，才能正式加入记者团。我发挥所有的脑细胞，终于想到了一个创意……

“虽然团长大人不屑于自己去做娱乐副刊，但也不能不承认，某些娱乐报道在吸引读者的角度还是成功的吧？最近校报的发行量增加了三成，而我的新闻，满足了‘团长大人自己也做不出来’的要求，所以，按照当初的招新承诺，我应该被接收为正式记者。”

纵使我再笨，这时候也终于听明白了。

沉默了许久，我慢慢抬起头看着阿晴：“也就是说，陈墨和罗紫妍的八卦新闻——是你做的？那些照片，都是出自你那分辨率只有 300 万像素的破手机？”

“的确是我的破手机照出的相片……但是，这关罗紫妍什么事？”阿晴睁大无辜的眼睛。

卫礼特的脸色更加难看，像是冰冻了的玉石。

“一直想介绍你们认识，想不到是在这种情况下。”陈墨听到这里，忍不住笑出声来，他想必已经弄清楚了整件事的来龙去脉。

特别的朋友……

有个大胆的猜想在脑子里一闪而过，我只觉得不可能。

——报道根本没有说紫罗兰是女生，那几张照片中“紫罗兰”也从没露出过正面。我打量着卫礼特那清瘦修长的身材，浓密的睫毛，美得不像话的侧脸，将所有的细节连在一起……

想起那晚陈墨的电话，我突然意识到——那晚和陈墨一起在咖啡店的人，真的不是罗紫妍，而是卫礼特？！

阿晴仿佛故意要挑战我的心理承受能力似的：“作为一个实事求是的记者，我连卫礼特团长的名字，也写进去了哦。”

卫礼特，Violet（紫罗兰）……我怎么没想到呢？！

“我承认啦，那张‘依偎’的照片，是卫礼特团长喝酒喝多了，陈墨搀扶着他——所以说，拍照片的角度很重要——好多根本不是接吻的镜头，在特殊的角度也能拍出以假乱真的接吻效果呢。”阿晴微笑地讲她的拍摄经验。

可是她这样的照片，让多少人误解啊？！

特别是那天电话里的咖啡店还有女生的娇笑，我气糊涂了，根本没有去想咖啡厅里情侣多，不一定就是陈墨身边的女生……

陈墨把我发烫的手放在他温暖的掌心，他含笑的眸子紧紧地望着我，我却窘得一句话也说不出来。

“你们这一对有点笨哦，我只是想帮你嘛小白。”阿晴满脸真诚地说。

“白雪晴！”我咬牙切齿地连名带姓叫阿晴。只有在很生气、很生气的时候，我才会这么叫她。

是的，阿晴的名字里也有个白字。

可我到今天才知道，并不是所有的紫色都是紫罗兰，正如并不是所有的小白都是白痴。

拥有阿晴这么腹黑的室友，陈墨这么呆萌的暗恋对象，以及卫礼特这么高冷美貌的“情敌”，我还能说什么？

“白雪晴，你给我站住！”我单脚跳起来去追阿晴。

“哈哈，来啊来啊……”

“你等着！”

……

阳光在窗外放肆盛开，七彩缤纷都融化成晶莹透明。

披星弄火

很多时候，打动灵魂的都是突如其来的细节。

引子

那些东西，封存了四年。

几个用胶水封得整整齐齐的文件袋压在一起，用梯子搭着甩到家里最高的储物柜上。那时是用了梯子没错的。但这次半半拿它下来，只用个板凳就可以胜任。是自己长高了么？还是储物柜被清理得松弛了，原先堆在顶部的东西陷了下来？总之，几年前的情形和现在的不一样。

所有的细节，都有参差的出入。

人再回首时，总觉记忆不是那个记忆，过去不是那个过去。

这个封存的包裹，是个装图画的袋子。

半半将自己画的图一幅一幅地看，每一幅都有一个仿佛相似的轮廓。

杜星流。

一

杜星流是标准的学霸，与半半的座位只隔一条走廊。因为有他的存在，同为优等生的半半只能当万年老二。考过无数个第二名之后，半半得到了“二半”的外号。

这天傍晚，其他同学都走了，半半在空荡荡的教室里收拾书包，看到杜星流一个人还在做题，视线不由得停了一下。

似乎感觉到有人注视，杜星流恰在这个时候抬起头来。

少年柔软的碎发搭在额头上，年轻的浅褐瞳孔，双唇曲折，似在千言万语中。

他温和地问，有事？

很多时候，打动灵魂的都是突如其来的细节。它猝不及防，如同一粒砂落入蚌的体内，那微小的细节，种植下奇迹和命运的沙砾。

没事。半半说，没事。她连说了两个没事，落荒而逃。

两人渐渐熟悉起来，杜星流有时会为半半清理凌乱的书桌，她的书桌总是横七竖八躺着资料和课本，像粗心的小孩。他将课本和笔记一本本排列好。

作为答谢，半半送他糖果——她是甜食控，抽屉里除了参考书便是各色美好的糖果。

从未见他在教室里吃过，隔天东西却已不见。

半半问他好不好吃，总是一句微笑：还好。

那是个乏味又危险的夏天。

半半自诩心理素质很好，但在梦里却梦到自己变成了剑拔弩张的刺猬。高考当前，谁也不能免俗。

半半的书桌时常凌乱而头脑总是清晰。分析问题，杜星流甚至不如她。解决问题，才是杜星流的长项。他有天才的解决问题的头脑，连半半也不得不承认，他总能在看似简单的组合下对一系列问题给出完美的解决和排列。

她同时也会想，他会做什么样的梦。

一个人处在第一的位置，就像排队时，前面再没有人挡住视线。多寒冷。

半半曾听说，一个做心脏手术的医师，二十年来未曾失败过一次，却在越来越大的压力中自己死于心脏病。

每一个不败的传说，都是一顶沉重的冠冕。

杜星流，他会有同样的不安和焦灼吗？半半不能肯定。他太优秀，使大多数人忽略了他要承受的压力；他太从容，使大多数人忽略了他同样在强大的竞争的洪流中沉浮。

不是吗？

二

班上转进了一个复读生，乌黑精致的眉目，眼神寂静如冰雕。插进班后，坐在最后一排，像一枚插在教室角落的玫瑰。如果高三的学生有更多的精力分散在风花雪月上，她在班上那短暂的寂静也不会有。一盏亮丽的灯，总会有仰慕的蛾虫萦绕。

半半注意到她，是以一种不平和的方式。

英语单科，半半从来都是第一，大小考试不曾改变过。这一次，却是另一个人取代了半半的位置。是她，吴媛。

塑造不败的传奇需要无数的战役，但若要打破它，一次足够。

半半心里好像一面镜子被人哗啦砸碎。很大的响声，很多碎片。

如果吴媛没有那么寂寞美丽的眼睛。那冰冷面孔上的寂静，就不会足够沉醉任何人的灵魂。

如果杜星流没有同样以讶然的目光注意到吴媛，如果他风雨不动的宁和没有在他看到她的瞬间倏然裂开一条尖锐的缝隙，那么，仅仅是如此而已。

杜星流从来没有以这样的眼神看过人。

杜星流从来没有以讶赞的、不安的、矛盾复杂的眼神看过人。

半半的心情有点低落。

吴媛的英语和数学好得出奇，她不爱说话，毫无兴趣地疏离着周围。投在她身上的目光越来越多，对她献殷勤的男生也不乏人选。尽管，除了知道她是复读生，他们对她的其余一无所知。

复读生后劲不足。有嫉妒的女生偷偷议论，被吴媛撞见，她只冷笑一声，径自走过。然后在顺接而至的英语测试里，拿走冷傲的第一。

吴媛对半半的态度，应该算特殊了。有时她会穿过几排的座位，来和半半讨论习题。她微笑起来的时候像透莹的冰开出了皎洁的花，生生夺去人的视线。

那么美的女孩，眼睛如子夜。半半不讨厌她。

如果没有那致命的巧合，半半和吴媛，不会成为好朋友。

一天，吴媛请半半吃东西。

粉色、橙色、鹅黄……七彩的颜色似无忧无虑的简单童年的味道。

半半再熟悉不过它们的姿态——那是半半的糖果，只是褪了包装纸。

吴媛心细如发，捕捉到半半神情的变化。

是别人给我的，我不爱吃零食。吴媛不以为然。

是谁？半半毫不犹豫地问出口，她的声音紧紧咬出一点凶恶来，像一只被踩了尾巴的猫。

吴媛此刻反而露出奇怪的表情，似乎在奇怪她过大的反应。是陈澍，她说。

陈澍是个篮球打得不错的男生，有左右逢源的人际关系，追吴媛追得人尽皆知。

半半的心平静下来，她的脸微微有一点红，半是因为方才的激动，半是因为她草木皆兵、以小人之心度君子之腹。

她偷偷歉疚了。

你对陈澍有好感吗？半半找不出其他的话来化解她的尴尬，悄悄问。这个问题无意间宣告她与吴媛的距离的缩短。

不。我会正眼看他吗？吴媛的回答高傲得似最锋利的冰。

我根本不在意他，所以不屑给他拒绝。吴媛接着说。她的话让半半怔了一怔，半半好半天才想明白这中间的逻辑。

五月联考逼近了。

午休时间，半半埋头看书，却总静不下心来——

杜星流又旷课了，这周的第三次。

早上他还找半半借笔记。半半撇撇嘴：老师不是尽心尽责地给你补上笔记了么？

她原本想问出关怀的话，可她和他抬杠习惯了。

这段时间杜星流的状态很不好，他脸色苍白、生病挂点滴。最担心的是老师们，杜星流旷了课，班主任一面亲自安排他打针吃药，一面加班加点去寝室送笔记和备课本。

老师的心情可以理解。

杜星流这样的人，七中也许十年才出一个。

你的笔记不一样，有老师的讲义里没有的东西。杜星流温和的声音，将他的话语诚恳到了极致。

好话人人爱听，这是千古真理。半半心中很快乐。

杜星流拿了半半的笔记，可下午，他又旷课了。

下午吃饭时，杜星流还是没有出现。同寝室的人说没看见他，半半心中惴惴，就像某天的早晨忘了对家人说路上小心，而交通意外就在这一天发生了的感觉。有一点负罪的恐惧。

最后，半半越想越担心。于是，她几乎是冲动地决定了到杜星流寝室去一趟。借口已经想好了——她晚上得用笔记。

大寝室有四五个人在，却不包括杜星流。男生们纷纷和半半打招呼，最热情的是陈澍，他和杜星流是上下铺的兄弟。

星流借了你的笔记？他中午回来时应该在床上看过，我帮你找找。陈澍把臭球鞋一脱，利落地爬到杜星流的床上去。

半半百无聊赖地四处张望，突然愣了一下。

陈澍的桌上散着几颗糖果。没有任何人比她更熟悉它们的颜色和形状。

今天早晨，她刚将它们塞到杜星流的书桌里。

这糖果是你的？半半有些沙哑地问。

糖果？陈澍奇怪她这个突然的问题，全然没有觉察气氛的变化。哦，不是。是星流给我的，他不吃甜食，有了这样的好东西就便宜我了。

你又把它给吴媛了？半半语气森冷。

陈澍有些吃惊，脸微微地红了一下，你怎么知道，吴媛说的？

半半没有说话，因为这时候杜星流也出现在门口。半半扭头便走，她不知道自己是怎样走出寝室的。

接下来的日子，两人之间，平静宁谧得只有书本和试卷的沉默。尽管半半心里仍存着可耻的盼望，希望他能解释什么。但是没有。

杜星流什么也不曾问过，解释过。

半半将所有的气力放在背书和做练习上，只有更加的充实和忙碌，能让人忘却其余。

全心用功的半半，不一样了。

她将书桌整理得整整齐齐，再不需要别人来帮忙。她以充满跳跃创意的思维，渐渐将自己的知识梳理整齐，以严密的逻辑编排它们。生活上的整齐，不过是她心境变化的一个自然而然的反应。

五月联考，结果让所有人始料未及。

杜星流第一次没有拿到全市第一。甚至，连全班第一也不是。

第一名是半半，高出第二名杜星流三分，八校联合的排名与班级排名如出一辙！

而这次意外的原因，是半半发挥得太好，还是杜星流发挥失常，老师的评定是，二者兼有。

半半曾经梦想过超越杜星流。但真正见到事实，她并没有喜悦。

到晚自习时，半半埋头看书，却总静不下心来。她和后座的一个女生讨论某个多选题的答案，不着痕迹地偷看杜星流。他低头，头发顺从地从头上垂下，清俊的轮廓显得不真实的缥缈澈透，紧抿的唇形如任何时候一样。半半的逻辑失却了严密，心不在焉地绕着契丹在北宋时的版图说着不能解决问题的闲话。

夜里，她只留了一盏小台灯。书桌前有开阔的窗，星光清凉，在半半手指尖投下幽蓝的影。她咬着笔杆，怔怔盯着涂满算式的稿纸。

她想，明天……她要主动和杜星流说话，结束他们之间的冷战。

第二天清晨，阳光和平常并没有什么不同。半半进教室有些迟了，但还没有迟到。

三

教室里闹哄哄的，和寻常不太一样。

在这人心浮动却灵魂似枯水的六月，学生们不再对乏味的教室里冒出的一点波澜有任何的好奇。半半也一样，她径自走回自己的座位。

可惜，她的座位，正是目光的聚焦点。

书桌被翻开，书本堆散凌乱，站在一旁的班主任焦急地擦着汗，严肃着脸问半半丢了什么。

这是一次恶性的学生书桌被撬事件，学校里不乏盗饭卡现金撬门的毛贼，遇到这种事，应立刻报告保卫科。但这次奇怪的是，教室门完好，失窃的，只是半半一个人。

半半翻看书桌，她的脸色陡然白了下来。她看到一把坏锁躺在桌底。

她所有的笔记，不翼而飞。

离高考不到一个月，笔记全部丢失，这足以让一个处于考前焦灼的学生全线崩溃。学生们望着半半，怜悯、惋惜甚至幸灾乐祸的眼神交错着。

许多学生被叫起来，惶恐地迎接老师怀疑的目光，着急地分辩自己的无辜。

我昨晚不是最后走的，陈澍比我走得更晚。不知是谁慌乱地说。

陈澍踌躇着嘟哝道，我，我不是走得最晚的，昨天我走的时候，还有——

教室里很安静，大家都在等那个名字。

但陈澍没有说下去。

许久，一个淡淡的声音接住了他的：还有我。我走得最晚。

全班死一样的寂静。

杜星流。

老师的脸上重新流下汗来。

杜星流被叫出教室，老师严厉吩咐学生们重新自习。

所有人都觉得他多少该有下文，或者，老师多少该有下文。

但没有。

这件事不了了之。半半什么也没有说。

来不及痛苦，就已忘却。来不及欣赏，就已死死封存。背叛、纠缠，都是子虚乌有，她既已选择失望，便不再有爱憎，不再保留疑惑。原因，亦不重要。

那晚，半半把自己抛在床上，在黑暗中流下泪来。那些小糖果的零食，她很久不曾吃过了。清清的甜、软软的酸，怎会有人不爱那味道?没有人犯错，只是有人钟意了不属于她的那一颗。

杜星流，和第一，想必就像心脏和血液一样相互依偎。

那一年高考，七中的学生平淡得出奇。

没有人考出意料中的好成绩。

杜星流没有。

半半没有。

其实，真正出人意料的，是吴媛。

她落榜了。

谁也未曾想过，这个成绩一直在前五名的美丽女孩，会在全班有半数人上线的高考结果中，成了落榜的那一个。

半半知道这结果时，心中微微一痛。

吴媛已复读了一年，下一年高考改革，她再复读的可能已渺茫。

半半在拿通知书的地方遇见了她。学校的面积局促，这一块草坪却建得十分大气。茸绿清晰的草细细如发，铺展得欣欣向荣，在夏日的风里，草尖相碰，像极了手指与手指的指尖相碰，初恋的滋味。

吴媛的眼神仍冰霜高傲，使她脸容的疲倦亦笼了冰，让人不能轻易说出安慰的话。

任何一种安慰，不小心便会沾上怜悯的水珠。

半半不知该说什么好，只有勉强地笑。以前她从不勉强自己，当哭则哭，当笑则笑。而一旦流不出的眼泪渐渐沉积在心上时，率性而为的清朗，便被沉淀的情绪牵制，无从自由。

没有人在这短短一个月比她失去得更多。

吴媛望定了半半的录取通知书，半晌沉默，终是抬起眼来：我们，以后还联系么?

当然。半半点头又笑。这次笑容温暖。

吴媛冷漠的表情稍稍融化，点了点头，走了过去。

四

谁也不会想到，吴媛疯了。

“吴媛的爸爸在精神病院里死了，和另一个精神病人斗殴，被一个啤酒瓶从头上砸下，当场死了。吴媛一见尸体，就疯掉了。”话筒那边传来同学的声音：“喂，半半你还在吗？喂？……”

半半冲到医院里。在那里，吴媛像一个孤独的婴儿，静静地坐着。没有一点病人的凌厉和暴躁，相反，甚至她之前的冷傲也消失不见，除却苍白瘦削和没有光彩的眼神，仍很整洁，很美丽。

半半握住她的手，吴媛微微地笑起来，笑得天真美好。

半半泪流满面。

医生叹息地望着半半：你也是22号的同学？这姑娘生得多标志，可惜疯了。她爸爸也是个疯子，上个月被另一个病人用啤酒瓶当头砸下，当时就断气了。其实，她爸爸原本已在慢慢康复，有治愈的希望，可惜了……

窗外的阳光单薄，地板的颜色在轻盈的光线下安详静谧。半半默默地往外走，一个蓬着头的女人被几个男人架着进来，狠狠地踢打着，哭闹着，尖叫着，半半突然加快了脚步。

她不能再多看一眼。

那一次的见面，竟然是她最后一次见到吴媛。

五

吴媛疯了的那一个暑假，杜星流出国了，没有和任何人告别。

曾经，半半不知自己为何要将杜星流分解成许多。后来她知道，如果一个人在心中折旋得够深，仅仅是一个他还不够，仅仅是他的模样还不够。需将他的样子拆开来，一笔一画，慢慢地，体会那沁心的忧伤和甜蜜。现在，她已不再拥有反复忧伤和甜蜜的权利。

她完整地记忆他，让记忆占满笔端，不再有火焰的自由。

四年了，与故事无关。半半拿着鼓鼓的文件袋，走出门去，走到开阔的露天，扑满星光的深蓝的夜里，火柴的头精致乌黑，火柴的光辉热烈美丽。

她手中，有她曾经丢失的笔记，还有一封吴媛的信，地址看得出擦写的痕迹，收信人是半半。

那是他们在整理吴媛的遗物时发现的。

半半没有告诉过吴媛她大学的地址。所以那信，是一封寄不出去的信。

吴媛死在精神病院，是自杀的。据医生回忆，在出事的前一天，美丽的疯少女逢人便说："我是吴媛，我真的是吴媛……"

没有人会去关注一个疯子喃喃的倾诉。所以，也没有人知道她这句话的真正含义。

半半：

你的笔记，是我偷的。这所学校里，我只交了你一个朋友。我嫉妒你的天赋和轻松，也羡慕你的直率和开朗。

我想继续学英语，他们不让我出去。你知道我以前在六中的经历么？我那时当班长，老师说我漂亮，英语好，将来能做外交官。我也这么想。

我不会再去复读了，我再也考不出第一次的成绩了。

你不相信？那一年我考了629分。

629分是多高？你猜猜。十五万块钱。我从来没有见过那么多钱，可那些医生开口就要。不然，他们不给爸爸治病。我爸爸在精神病院里，笑呵呵地说，十五万。他只会傻傻地掰指头，穿着统一的条纹褂子。我几乎在一群相同的人里认不出他来。我家里很穷，我很小就没有妈妈，爸爸是我唯一的亲人。

自从妈妈走了以后，爸爸就一直这么快乐。傻傻地掰指头，穿着统一的条纹褂子，说：十五万。

我需要那十五万。当年，那个和我交易的男人，一个姓杜的男人，他怎么神通广大我不知道。我只知道结果，我拿了十五万，我的600多分就成了别人的。

那一年高考的试卷上，杜月汐，我写下了这个陌生的名字。

从那时起，我失去了自己。

那之后的许久，我每晚都在噩梦中惊醒，抱着被子哭泣。

今年高考时，我着魔般把名字写成了杜月汐，擦了一次，又写成了杜月汐。陌生人的名字，像一个魔咒——卷子都快擦烂了，我才把吴媛两个字写上去。我怎么能答题啊……

半半怔怔地记起，杜星流在闲聊时提起过，自己有个姐姐叫杜月汐，性情温顺，只是学习不好，常让家人担忧。

可她却从一位代课老师口中听到，杜星流的姐姐考上了某所大学——那是所有高中生都梦寐以求的地方。

她知道后曾经打趣杜星流："这也叫成绩不好，虚伪吧你！"

那时，杜星流没有笑，他的头深深地低下去，额发遮住了眼睫，默然悲伤。

原来，杜星流早就认出了吴媛。

他那样温和的人，原来心中一直怀着深深的愧疚，远远注视着这个女生。

所以，才会为她顶替偷窃的罪名。

尾声

火柴点了几次都不燃。清风一吹，火苗便骤然熄灭。半半划了一根又一根，终于抽出几张图来，薄纸轻火，点燃了。

她原想将图画闷在文件袋里，一次尽数烧燃。

她原想将记忆困在眼瞳最底，一次尽数碎融。

可记忆如同这厚厚的纸张，谁也不要妄想将它一次燃尽，你曾花了多少时间来积累，就要花多少时间来埋葬。

画一张一张地投入火里，腾腾的火苗在蓝色星空下寂静燃烧。

在笔记中间，还有一个糖果匣子。

没有任何人知道，半半的笔记失窃的那一晚，杜星流也丢了东西。

他丢了这个盒子。

叠得整整齐齐的小糖果纸放在里面，每一张标着日期、天气，还有一个个小小的脸谱表情。那是简单的钢笔画，画中人表情快乐或气恼，有着火焰般可爱的眉眼。

一张一张，没有雷同，却是同一个人。

如此简洁。

没有人知道，杜星流画这些画的心情。

糖纸像一本本书册整齐无懈地排列着，小纸条静静竖立。

晚风涤荡，一张小纸条飘落在火焰中。

她曾说，我不说话的时候，好像总是在说话。我开口说话的时候，反而像把语言都藏了起来。她有一点可爱，有一点狡黠，把我的注意力都分散了。

我不喜欢吃糖，但我喜欢书桌抽屉里的糖果。

喜欢那个塞糖果的半半。

收费时代

曾经，世界上最好的东西都是免费的，阳光、空气和母爱。

当时代开始向一切收费，包括阳光、空气——

只有母爱，永恒免费。

一

“世界上最好的东西都是免费的，阳光、空气和母爱。”

周末的博物馆很热闹，一群学生簇拥在三个世纪前的古董书面前，当导游念出封面上的话，少年们发出一阵抽气声，年幼的脸上都露出难以置信的神色。

“那真是一个黄金的免费时代。”有人说。

“连阳光这种奢侈品都是免费的，古代人实在太富有了。”一个少年说，他转向身旁一个胖胖的男生，“周宇禄，要是在古代，你爸的阳光工厂就要破产啦。”

“怎么会？”周宇禄用力摇着肥硕的脑袋，“现代地球人越来越贪恋阳光这种奢侈品，订购阳光的客户要提前三周预约，我爸的公司现在正处在上升期，那个历史术语叫什么？——朝阳行业！对，就是朝阳行业！”

“你的历史知识记得很熟啊。”少年们哈哈大笑，“现在哪儿还有什么朝阳行业、夕阳行业，都是比天狼星还远的事情了！”

的确，朝阳和夕阳都是历史书上的记载了，当现代人向前追溯时，会发现古代人的确生活在他们无法想象的幸福中：两个世纪前空气是免费的，三个世纪前阳光是免费的，四个世纪前连水也是免费的——要知道，这在现代都是大项消费。那个古代经济学家提出的“恩格尔系数”现在仍然在使用，只不过系数里的食物变成了空气。

因为土地的分层开采和空间技术的进步，土地倒不像几个世纪前那么稀缺了，有房子住很容易，关键是清洁的水和空气。对现代人来说，空气是人工合成的氧气和氢、臭氧、一氧化二氮、甲烷，普通空气按照每升三十二地球币的价格收费，污染指数低于百分之一的纯净空气按照六十五地球币收费，劣质空气按十一地球币的超低价收费，并由联合体政府实施低保补贴，以资助大多数地球人都能买得起呼吸用的空气。

自从石油枯竭之后，太阳能成为拯救地球能源危机的最后一根稻草，各国政府都成立了太阳能部，统一调度一丁点儿也不能浪费的太阳能，其部门职权比以前的能源部还大。从那以后，搬到地下居住的地球人已经有整整两个世纪没有见过真正的阳光啦，城市人造光服务器打开就是白天，关闭就是晚上。至于阳光，是随着光储存技术的进步，在近二十年来才出现的奢侈品，最早只在富豪和政要阶层小范围消费，后来因为光切割理念的诞生，发展起了整条阳光零售产业链，使阳光消费渗透到中产家庭。这在二十年前是不可想象的事情，早期的阳光产品是以百立方米为单位计算的，能持续两个小时的百立方米阳光售价为二百四十万地球币（约可购买普通人一生消费的空气和水），而现在一个阳光罐头仅售六万五千二百地球币，大约等于中产阶级一个月的薪水。不过，它开启后只能提供五立方米的阳光，持续时间为十分钟左右。

少年们兴致盎然地去参观博物馆的其他地方了，一个清瘦的男生落在队伍后面。

“简明，又在想什么？”周宇禄折返回来，敲了敲男生的头。

被叫做简明的男生抬起头来，面孔十分清秀。

“能自由地呼吸空气，沐浴阳光，那样的时代真的存在过吗？”

“我们总统都说了：胡思乱想是年轻人最大的财富——嘿，鬼知道这句话是不是人工智能帮他拟好的草稿。”周宇禄大方地说，“不过用在你身上正合适。”

“你爸爸的阳光工厂需要兼职人员吗？”简明走了几步，回头问。

“那些简单的工作很少需要人工了，都是机器的事。”周宇禄摊摊手，随即困惑地问，“你不是已经打了三份工了吗？和那些机器干一样的活儿，你吃得消吗？”

自从人工智能的人权要求法案被联合会审批通过之后，现在它们和人类实行同工同酬。所以，一些低端的劳动领域，已经越来越少人类介入了。

“我妈妈的肺病越来越重了，我想给她买好一点的空气。”简明的眼神暗淡了下来。

周宇禄叹了口气，“我给你问问吧。”

二

贫民区很明亮，但有些刺眼，劣质的人造光像一只巨大的白塑料袋铺展在桌椅上、书柜上和窗户前。一个形容憔悴的中年妇女躺在床上，低声地咳嗽着。简明习惯性地走到墙壁的一个按钮前面，按下红色的“启动”键。“嘀”的一声，按钮上方闪烁出一串数字。简明迟疑了一下，按下“确定”键。

他们的空气只够用一百七十个小时了。政府的救济空气和水本周就会支取完。

“简明，怎么了？”中年妇女支起身来，脸上现出被病痛折磨的蜡黄，还有贫民区里最常见的麻木。

“没什么，妈。你今天感觉怎么样？”简明快步走到床前。

“还是老样子。”简妈妈指指床头简陋的机器，“治疗也做过了。”

现代医疗高效便捷，古代的医学难题如癌症和艾滋病已成了门诊小病，但对现代空气质量引起的肺病和无处不在的无线网络空间辐射造成的血液病，仍然束手无策。所以几百年来，人类的平均寿命还是八十上下。不过，据考古学家和生物学家研究，古代社会的空气纯度、古代人的身体之柔弱是现代人无法想象的，在现代社会的一般空气中，古代人的体质只能存活六个小时；在高纯度的空气中，也只能存活十四天。对人类来说，疾病似乎和生命一起在进化。

简明妈妈因为长期和人工智能一起从事高污染的低端工作，染上了肺病，家庭治疗机可以控制病原体扩散，却无法进行有效治疗，购买高价的克隆肺对这样的贫民家庭来说是不可能的，只能期待质量稍好一点的空气可以有助于病情改善。

“妈，你见过阳光吗？”简明突然问。

“没见过。”简妈妈摇头。

“等我长大了，一定给你买阳光罐头，让你见见阳光。”

简妈妈笑了一下，笑容苍老，“你爷爷奶奶一辈子都没见过什么阳光，还不是好好地活下来了，都是有钱人没事弄出的享受，和咱们没关系。”

“不是的，我在博物馆看到了，古代所有人都是免费照射阳光的！书上也写了，我念给你听——”简明翻出他的记忆眼镜，搜索片刻，视网膜前出现了他在某个小网站上找来的散文，“窗外，蝉用声嘶力竭的歌唱赞美阳光，向日葵用谦卑的追随仰慕阳光。人对阳光的爱慕其实和昆虫并无本质的区别，人们如婴儿一样被保护在温暖的絮语中，吮吸流光的乳汁。只要有阳光，你就能感受到她燃烧的热烈情愫，闪烁着的金色光翼……”

随着简明清晰的朗诵，室内沉浸在一种柔和的氛围中。

“妈听不太懂那些句子，但听着真好。”简妈妈浑浊的眼神似乎被清水涤荡了一次，闪烁出几星泪花来，仿佛有种本能被触动了。

简明的眼神很亮，不自觉地抬头，却只看到一片炽白。他眼眸里的光彩渐渐被失望冷却下来。

“这是个古代人写的吧？”简妈妈问。其实，根本不用问，现代人写不出这样的东西。

“嗯，一个叫李惟七的古代人写的。”

简妈妈望着简明眼中那种近乎渴望的期盼，苦笑了一下。

这时，周宇禄的脸出现在墙壁的显示屏上，甜美的通信服务音提示：“您有电话。”

“妈，你休息休息，我去接个电话。”简明走进自己的房间，轻轻带上门。

“你小子怎么搞的，这么慢。”墙壁上周宇禄胖胖的脸上明显带着抱怨。

“什么事？说吧。”

“你知道啊，现在富豪们越来越喜欢这玩意儿，提供阳光罐头的企业也多了，不说小的，能和我爸的时代公司竞争的就有四家，人家得了政府的特许阳光开采权，那包装和宣传也是越做越精，我爸的公司这个月的销售业绩下滑得厉害，我爸琢磨着他那一套‘阳光好不怕巷子深’的观念落伍了，想搞个策划大赛——专管创意。”

周宇禄的胖脸上挤出憨态可掬的笑容，“我一下子就想到了你啊！你不是最爱天马行空瞎想吗？现在那些人工智能干起活来一等一地精湛，但要它们想个主意，都像电路板一样老土，总跳不出它们那个思维模子。你要真能做出好的创意设计——我爸给这次策划大赛的冠军准备了七万地球币，够你打多久的工啊！”

简明的眼睛一亮，“真的？把细节给我看看。”

“我现在传给你啊……”周宇禄低头找着什么，很快，屏幕上出现了一大堆的产品介绍、比赛规则什么的。

“加油干啊，哥们儿！”周宇禄的手比出一个大大的“V”字，下线了。

简明转过头来，看着墙上“一百六十九小时”的闪烁提示，深深吸了一口气。

快上课了，学生们陆续走进教室。教室几乎是现代社会唯一的免费服务了，连学生的空气费也由政府补贴。这与联合会人权法的完善是分不开的；另一方面，教育恐怕也是几个世纪来变化最小的行业，虽然远程教育甚至记忆芯片都一度普及，但前者被证明容易导致孩子的孤僻和不适应群居，后者被联合会以法律形式明文禁止，所以现代教育还是和几个世纪前一样，采取学校学习的方式。

“你怎么了？”同桌看着简明的脸色有些苍白，关心地问道。

“睡得晚了。”

“你还是一天打三份工啊？”同桌摇摇头，“和人工智能比体力，你对自己的要求太高了，偶尔也该休息一下。”

“嗯，我很快就不用打三份工了。”简明笑了笑，女孩子一样秀气的睫毛下，眼睛里闪出希望的光，“只要做好一个创意方案就行。”

这个方案说难也不难，只要一张散发着信息网络上的传单，能吸引眼球、打动顾客就行；说简单却也不简单。

现代人很难被什么东西打动了。人类接触的特技和效果越多，审美就越疲惫——再美的模特都可以完美模拟出来，再好的特效也能用人工智能轻松完成。世界充斥着完美，却没有真正的感动。

简明坐在课桌前，思维却有些游离，那些只有老祖宗见过的东西，金色日出、弦月柳梢、落霞孤鹜……如果有人能描述出那样的美景，能把日出时万物苏醒、大地懵懂的辽阔描述出来——现代人的心灵可会有震颤?

简明把这个主意告诉周宇禄，周宇禄先兴奋地点头，又拼命地摇头，“这个主意是不错，但谁都没见过的东西，怎么用计算机模拟呢？人工智能总不能凭你的感觉就做出一套片子来吧？现在的传单可不兴抽象风格了。”

“当然是具体的。”简明急切地说，“越具体越真实越好！”

“你历史比我学得好，又不是不知道二百年前那次袭击全球的病毒风暴，老祖宗的数据全没了，人类折腾了十年才缓过劲儿来，从那时起我们就和古代文明基本隔绝了。现在能找到的一鳞半爪，都是国宝，能让你看吗？连联合会军事机密资料馆里，估计都没有你说的图！”

简明沉默了片刻，突然抬起头来，“我要把它们画出来。”

“什么？”周宇禄瞪大眼。

“凭我的想象，我自己把它们画出来——不用人工智能，我用自己的手和脑。”简明坚定地说。

“你……做得到吗？”周宇禄完全不信。

“最好的画面不是在技巧上，而是在这里——”简明指了指自己的心口，指尖触到一点温度。人类在寒冷中向往阳光，那是本能，是生命赋予的灵感。

三

在接下来的一个月里，每一天放学，简明就钻进自己的房间里，劣质的人造光让他的眼睛很不舒服，但他顾不了这许多了，在电脑上把每一种颜色都调试上千万遍。橘红、橙红、火红……是日出的颜色，灰青、湛蓝……是海面的颜色。简明觉得自己脑中汹涌着金色的画面，灵感就像从海平线上分娩出的太阳让他的胸口和双手灼热无比。

这段时间里，简明无法去打其他的工，只有将他和妈妈下个月的救济空气也提前支用了。

如果他的创意不成功，他们就会被彻底停止救助空气供应——这意味着什么，简明很清楚。

在空气显示还剩六十四个小时时，简明站了起来——他的眼睛里布满血丝，但疲惫中带着希望。

“妈妈，你看看这个。”

简妈妈戴上眼镜，这种信息量不大的电子传单一般几秒钟就看完了，可简妈妈看了很久，都没有把眼镜摘下来。

“妈妈？”简明有些担心地问道。

简妈妈慢慢地将眼镜取下来，声音颤抖地说：“阳光……真的是这样的吗？”

简明的眼睛亮了。他从妈妈的眼里看到了向往。

“世界就是这样的——有阳光的世界！”简明用力握住了妈妈的手。

广告创意，有境界高下之分：低者让人关注，中者让人购买，而高者——让人共鸣！

周宇禄收到简明发给他的图片，止不住惊叹道：“天哪，你的脑子里怎么有那么瑰丽的想象？”他胖胖的脸上满是惊愕叹服，“我这就把你的作品给我爸！让他交给组委会评评！”

两天后，简明刚回家，就听妈妈喊：“简明，你有电话。”

简明赶紧跑到屋里，到可视壁前，只见墙壁上的是一个胖胖的大叔，和周宇禄有三分相像。

“简明，你好啊！我是周宇禄的爸爸。”

“周伯伯，您好。”

“你的创意我看了——”周伯伯和蔼地说。

简明紧张而又期待地等着周宇禄的爸爸接下来的话，可对方似乎有些欲言又止。

“事情是这样的……”周伯伯终于说，“你的创意很好，我很欣赏，不过……这次参加创意大赛的人很多，其中有采光部部长的儿子，是专门学广告创意的。你知道，我们阳光工厂要靠政府政策才能开采，没了采光部的批文，我们工厂就得倒闭。”

简明疑惑地听着，没有明白他的意思。

“唉……我直接跟你说了吧！”周伯伯似乎心一横，“你是宇禄的同学，伯伯跟你说实话，这次的创意大奖，已经……内定给了采光部部长的儿子，不可能给别人了。要不——”周伯伯顿了顿，“要不你把你那个创意卖给伯伯，多少钱都行！”

简明愣了一下，终于明白了他的意思，苍白的脸上现出愤怒的红色，“伯伯，你要帮别人剽窃我的创意？”

“不是剽窃，是购买。”周伯伯认真地说，“在这个收费时代，只要价格适当，有什么不能买卖呢？”

简明的身体有些发抖，他攥紧了拳头，“我不卖！”

“嚓”的一声，屏幕黑了下去。

房外传来妈妈的咳嗽和问话声：“怎么了？和同学吵架了？”

简明慢慢走出来，“没有。”

“妈知道你担心空气的事。”简妈妈看了看墙上“三十二小时”的倒计时，叹了口气，“上次你不是说这个星期有一笔收入，可以把空气续上？咱也别着急，不是还有两天吗？”

简明不敢看妈妈的眼睛，不敢告诉她——收入没有了。

这天晚上，简明辗转反侧，周宇禄爸爸的话在耳边挥之不去："要不，你把你那个创意卖给伯伯，多少钱都行！"……

这句话像蛇一样在简明耳边缠绕，让他几乎不能呼吸，冷汗湿透了他的睡衣。空气只够用两天了，他还可以申请享受政府补贴给未成年人的空气，可妈妈，就只能等着——

不，绝不！

简明突然坐了起来，大口地喘着气。手指，触上了床边的电话屏幕。

四

"你真的把创意卖给我爸了？"周宇禄气愤地吼道。

简明沉默着。

"我……我跟他没完！"周宇禄转身就要冲回去，被简明一把拉住了。

"是我自愿的，你爸爸给了我十二个月的高质量空气，可以让我妈妈养病，他甚至给了我一个阳光罐头——我妈妈从来没有见过阳光，我要让她见一见。"简明的眼里闪动着泪光。

周宇禄突然说不出话来。

简明本来可以坐学校的班车回家，但班车坏了要检修，那些家里有车的学生就由父母接回家，简明只有步行。

书包里揣着阳光罐头，他的心有些迫不及待——迫不及待地要看到阳光，要和妈妈一起分享这阳光。

经过一个小巷子时，他走得格外快，冷不防一条粗壮的胳膊挡在了他面前。

“小子！大爷最近手头紧，给点空气钱。”那小流氓朝他伸出手来，流里流气地笑着说。

“我……没有。”简明有些紧张，下意识地护住了书包。

这个动作落在了小流氓眼里，“书包里有什么？”

“没什么……”简明警惕地盯着他。

大个子招呼同伴：“把他的书包抢过来！”

简明死死地护住书包，拳头雨点一般打在他身上，一个小流氓用力扯下他手中的书包，“啪”的一声，肩带断了。几个少年大笑着把书包打开。

为首的小流氓从书包里摸出上课眼镜、电子书……突然，他的眼睛亮了，“阳光罐头？”

几个人都凑了过去，为首的小流氓把罐头拿在手里，“大哥我一辈子都没见过这么奢侈的东西……你个穷小子，不会是偷来的吧？”

“还给我！”简明突然发了疯一样冲上去，“这是我的东西！”

为首的小流氓不耐烦地一把将他推开，简明被重重地甩出去撞在墙壁上，昏了过去。

等他醒来，看看时间，已经是夜里了，街道上的人造光非常微弱，他看了看身边空空的书包——什么也没有了。简明将头埋进书包里，痛哭起来。

拖着沉重的双腿回到家里，竟然没有熟悉的咳嗽声。

简明唤了一声：“妈妈？”没有人回答。

他走进房间里，发现床上空空的——

电话里突然传出甜美的提示音："您有新的留言，请接听……您有新的留言，请接听……"

简明按下屏幕，是妈妈的声音："简明，上个月仪器诊断过了，我只能活一个月了，没有告诉你……怕你难过。我除了肺以外的其他脏器、血液都是健康的，已经全部出售给医院，为你换了二十年的清洁空气；我的眼睛也是健康的，也出售给医院，换了一个阳光罐头，妈妈知道你想见阳光，日思夜想。这一次，你真的能见到了……"

简明痛哭着向门外冲去，"妈——妈——"

五

半个月后。

在时代阳光工厂的广告创意大赛中，有两幅作品打动了现场所有的评委：一幅是日出磅礴的金色气象，那完全来自于少年脑海中瑰丽的想象，是人类在稚真的年代才有的贴近自然的纯真灵感。

但评委们经过整整一天的讨论，却将最佳创意奖给了另一个作品。

据说，很多评委哭了。

在另一个广告上，一位盲眼的母亲手握一个阳光罐头，上面的字幕写着：阳光如此美好，我愿将双眼捐出——换取阳光，给我的孩子。

曾经，世界上最好的东西都是免费的，阳光、空气和母爱。

当时代开始向一切收费，包括阳光、空气——

只有母爱，永恒免费。

鼠疫

“出现在你车里的那个人，眼睛是不是灰色的？”云惟真问。

“眼睛……我没有注意……”

一

绿树游泳馆。

馆外暴雨倾盆，雨水噼噼啪啪打在巨大的玻璃窗上，清晨的城市被洗刷得一片白茫茫的。

偌大的游泳池里，只有一个客人。

早上游泳的人本来就少，更何况是在这样恶劣的天气。云惟真笑了笑，换上泳衣，活动了一下年轻而修长的双腿。他是供职于附近一家科研公司的研究员，上班时间是早上十点，比一般公司略晚，所以每天早晨都会来这里游泳。或许因为长久在实验室里不见阳光，他的肤色略显苍白。

正要下水时，脚底突然传来一阵“吱吱”声，云惟真低头一看，是一只灰色的大老鼠，突兀地出现让人无端有些恶心。

游泳馆里怎么会有老鼠？

就在他怔神时，又有几只老鼠陆续出现，令人感觉不对劲的是老鼠们的眼睛——灰色的眼睛仿佛有灵魂一般，阴沉锐利。

云惟真后退几步，跳入身后的泳池。而那几只老鼠竟然也跟了过来，泅水而至，他在惊惧中，感到腿上传来一阵剧痛——腿抽筋了！整个人顿时往游泳池里沉下去，巨大的耳鸣声中，他拼命挣扎，眼前突然许多画面交错，像是坏掉的录像带快速而无规律地播放，一会儿是妻子年轻的脸在大火中微笑，一会儿是新闻无情的播报……

他似乎感到整个人从肉体到灵魂，都直坠到最深的水底去。终于，黑暗吞没了一切，他彻底失去了知觉。

“先生！先生！”耳边传来着急的呼喊。

云惟真醒转过来，环顾四周，才发现自己半躺在地上，手臂搭在冰冷的游泳池台阶上。

“你没事吧。”一个工作人员正扶着自己，是个中年人，发福的面孔似乎在哪里见过。

“……”云惟真用手指按上额头，平复太阳穴抽动的狂跳，视线渐渐清晰。

中年工作人员笑了笑：“你溺水了，现在感觉好些了吗？”

几个工作人员围了过来，一个托住他的手臂将他扶了起来，另一个搬了椅子来让他坐下，还有一个嘴角长着小痣的美女端来热水。

云惟真双手握着温热的水杯，手指忍不住发抖：“你们有没有看见老鼠？”

几个人愣了愣，突然都一起笑了起来。

“你在开玩笑吧？我们泳馆的卫生条件是一流的。”美女俏皮地起身：“看来你已经没事了，我们去工作了哦。”

云惟真直觉似乎有哪里不对，但他说不上来，一眼看到墙壁上大挂钟的时间——十点二十分。

迟到了！他的第一反应是给公司打电话。手机拿出来，才发现上面有十多个未接电话，都是女助理章晴的。

云惟真立刻回拨过去，却一直无人接听。他立刻冲出游泳馆，拦住路边一辆出租车。

“您到哪儿？”司机一边发动车子，一边很热情地问。

“华茂研究院。”

司机一听这地点，“哎哟”了一声：“华茂研究院可是出了大事！您知道不？我刚听我一哥们儿说的，有人跳楼了！”

“什么？”云惟真愕然。

“这说也奇怪，说那人站在四楼……像鬼附身一样，一直往后退，然后就掉下来了！我那哥们儿开车经过，亲眼看到的！”

这时，电话又响起来。

云惟真立刻接听，话筒里传来章晴着急的声音：“云博士！”

“出什么事了？”

“我们都在仁济医院，你快过来！”

二

医院门前，几个保安正在维持秩序，把拿着摄像机和话筒的记者挡在外面。

云惟真挤进汹涌的人群，却被保安拦住，他心急如焚，不一会儿，只见门口出现了一个人影，是公司的赵经理。

小报记者们立刻围了过来——

“赵经理，请问伤者有没有生命危险？”

“你对两起意外怎么看？一次自杀性的跳楼和一次自杀性的车祸，是不是精神压力过大所致？……”

……

话筒和闪光灯铺天盖地压了过来，几个保安出动将记者隔开，一个拿着传话机不知道说了些什么，赵经理显然看到云惟真了，对身边的保安说了几句。

拿传话机的保安让开道路：“快进去。”

医院的走廊里，赵经理简要对云惟真讲了情况——和出租车司机说的差不多，只是情况更糟糕。公司的研究员张涛早上九点三十六分，从四楼阳台坠下；研究员宋皓群驾车九点四十三分，在汉口路与一辆公交巴士相撞——那时，马路红灯，小车撞到公交车车尾，当场翻倒在路边的栏杆上。

急救室门口，是几个熟悉的身影。

女助理章晴眼睛红红的，似乎哭过，一看到云惟真立刻奔了过来：“云博士，你没事太好了！我以为你也……你早上去哪里了？电话一直打不通。”

赵经理面色凝重地站在一旁，似乎也在等待答案。

“我——”云惟真正要开口，几个警察走了过来，出示了工作证：“请问哪位是云惟真博士？”

“我是。”云惟真定了定神。

“这次的事故非同寻常，两位重伤者与你在同一个项目组，研究内容是对外保密的，没错吧？”警官训练有素：“我姓陈，将从现在开始关注你的安全，同时也请你协助我们调查。”

云惟真与赵经理对视一眼，后者的脸色不太好看。

那个项目——云惟真心头猛然一惊，没错，他和张涛、宋皓群三个人，平均年龄只有二十多岁的年轻人，从六年前开始共同攻关一个重大前沿项目。如今警察的触角真是无孔不入！

“今天早上，您失踪的期间发生了什么？”一个警察掏出了记录本。

云惟真犹豫了一下，还是把在游泳馆的情形大致说了一遍，但没有说老鼠的事，只说自己腿抽筋溺水昏厥了。

“您说您早上一直在游泳馆？”陈警官严肃地说：“可是我们到游泳馆取证的同志说，绿树游泳馆今天早上因为暴雨闭馆了，到中午十一点三十分才刚刚开馆。”

“不可能！有三个工作人员过来帮助过我……一个四十岁左右的男人，一个年轻人，还有一个女士，对了，女士嘴角还长了一颗痣！”云惟真急了。

陈警官再次拿起电话，询问了几句话之后，表情古怪地朝云惟真说：“……游泳馆里，并没有您说的那三个工作人员。”

冷汗从云惟真的脊背上流了下来。这究竟是怎么回事？莫非，早上的事真的是自己在做梦……

云惟真用力地以手按住跳动的太阳穴——据说有一种臆想症病人，会在头脑中幻想出从未发生过的场景，不，不可能，虽然最近工作紧张，睡眠严重缺乏……不可以再想下去了，否则自己真的要疯了！

叮——手术室的红灯熄灭了。

几人一起围拢了上去，穿着白大褂的主治医师走了出来，不等他们发话，就说：“张涛已经死亡，宋皓群还在抢救中，情绪非常不稳定——”

章晴忍不住失声痛哭。

警官看了看手中的档案记录：“宋皓群在神智清醒时，说有人潜入了他的车里，但据我们的道路交通监控设备显示，车祸发生时，车内只有他一个人。”

他手上有一张现场拍摄的照片，小车翻倒在道路栏杆旁，十分惨烈。

“车子检验过，没有任何问题。”陈警官说话虽然缓慢却给人不容置疑的感觉：“我们还会进行深入的调查。”

在云惟真的要求下，陈警官和他一起再次到了绿树游泳馆，在警官出示了证件和说明原因之后，经理将所有的工作人员集合，让云惟真一一识别——没有帮助过云惟真的三个人。

“听说您研究压力很大，精神太紧张，还是先休息一下吧。”陈警官意味深长地说。

云惟真苦笑了一下，什么也没有说。

“您知道吗？最近越狱、无故失踪的犯人特多，而且都是有些来头的，像那个落马贪官刘东，贪了八个亿，就这么在人民警察的眼皮子底下人间蒸发了！还有，那个绿色慈善基金会某经理的情妇贾嘉美，挪用善款开公司，开玛莎拉蒂挎爱马仕包，在微博上炫富被网友质疑，后来查出巨额财产来历不明，被判处三十年有期徒刑的，嘿，这女人就抓不到了，海关也查不到出境记录。美国、加拿大、欧洲，全球通缉都找不着人！”警官似乎为了缓和云惟真的情绪，和他说些轻松的事儿："您说这是不是，有钱能通天？”

云惟真心事重重，无意与他闲聊："我的同事张涛坠楼时，你见过现场吗？”

“我跑的是车祸现场，坠楼现场倒没见过，但这儿有照片呢。”陈警官拿出一张照片，地上的人仰面躺着，身体下面一摊惊心的鲜血。

“从姿势看，似乎是往后摔下去的，酷似他杀，我也不相信是自杀。”陈警官点了一支烟："但是据你们公司的几个证人说，那时阳台上根本就没有其他人。”

实验室严禁吸烟，张涛有抽烟的习惯，所以会趁工作的间隙到阳台上抽几口。那里，平时的确不可能有其他人。

“带上这个。”陈警官拿出一个微型电棒似的东西给云惟真："这是最新的产品，可以近距离防身，能发出200万伏的电击电压。”

三

天渐渐黑了，云惟真回到家，把自己扔在床上。

床头放着妻子的照片，朦胧的月光下那笑容如此纯真美丽，六年前她过世的时候，也只有二十一岁，正是金色的青春。他们在校园里恋爱，大学毕业后就组建了家庭，却没有想到——

触及往事，云惟真的头又剧烈地痛了起来，他支撑着起身，给自己倒了一杯水，打开电脑。

游戏界面突然自己跳了出来。

云惟真确定自己没有接上网线，他家中使用的是普通的 ADSL 拨号，有时为了调节高速运转的大脑，他会在网站上下下象棋，几年下来，游戏级别倒也很高了。

“嘀”地一声，一个陌生玩家发来的消息跳了出来：云博士。

云惟真强抑住颤抖的手，窗口又出现了一条消息：别紧张，你水洒到键盘上了。

他的电脑上没有装过摄像头，事实上，家里的电脑是很老式的台式机，连 USB 插口也要绕到后背，因为这是妻子在大学时期打工买的，所以他一直使用到现在。

我就在你身后。那个玩家又打出一行字。

云惟真毛骨悚然回头——身后什么也没有，只有惨白的墙壁。另一个房间里，没有人影，而自己的笔记本电脑发着幽蓝的光——是什么时候打开的？自己回家根本没有开过那台笔记本电脑！

猛然将电脑的电源拔掉，云惟真的精神绷紧至崩溃的边沿，在房间所有的角落翻找，灯管后面、椅背、桌角、抽屉下方……没有，没有任何类似摄像头的东西。

这时，拉开的抽屉里滑出了一张发黄的报纸。

那是六年前的一份早报，头条写着一条新闻：2011 年 6 月 15 日上午，本市珞瑜路 866 号 25 层的写字楼发生大火，火灾持续了八个多小时才被扑灭。写字楼内有不少白领被困，大火已经造成十三人死亡，近百人受伤。写字楼外墙装修工程存在非法转包问题，涉案五名官员被刑事拘留。

云惟真眼前一片泪水模糊，昏然跌在床上，用手捂住头。这就是噩梦的源头……梦中，那仿佛来自地狱的烈火熊熊燃烧，妻子被抬出来的焦黑的尸体，自己在那一瞬间绝望的嘶喊和质问，咽喉中浓烟和血腥的味道……

不知过了多久，云惟真从梦中惊醒，望不到星光，整个人虚弱得好像融化在黑暗里。

看一眼时间，凌晨五点。

他脚步虚浮站了起来，到卫生间打开水管，任由冰冷的水冲遍全身，大脑终于略微清醒了一些。

淋浴的花洒缓缓从手中滑落，掉在地板上。

云惟真并没有去捡，他突然想了起来——游泳馆那几个工作人员为什么让人觉得不舒服了。

一个念头闪电般爆开在他的头脑中，云惟真迅速穿好衣服，冲下楼，叫上车直奔仁济医院。

四

清晨的病房，一片静谧。宋皓群木然坐在床上，一见到云惟真来了，突然睁大双眼紧紧抓住他的胳膊："你……你来了！"

"告诉我！"云惟真看着他："当时车内的情形。"

两人对视的目光里，传递着只有彼此能理解的恐惧和信任。

"我就知道你会相信我！我就知道……你会相信我！"宋皓群喃喃说："我明明一个人开车在马路上，但有一个裸体的男人突然出现在我的车里，就像鬼魅一样——突然出现在后座！真的，我开车时还只有自己一个人，怎么会有人进到车里来？当时我魂飞魄散，因为惊吓才踩下油门，与那辆公交车相撞的。他们都不相信我！”宋皓群痛苦地抱住头，突然抬头盯住云惟真，目光亮得吓人：“你说，会不会是因为我们那个项目——”

那个项目，由公司六年来投入巨资集中攻关，半年前刚取得重大突破，具有无可估量的商业价值，公司暂时并未对外发布。知道这个成果的只有他们几个人。

“出现在你车里的那个人，眼睛是不是灰色的？”云惟真问。

“眼睛……我没有注意……”

云惟真拿出一张照片，那是陈警官给他的车祸现场拍摄：“这个角落的东西，你看到了吗？”

宋皓群仔细地看着，照片中他的车子倾倒在围栏旁，四周一片混乱，云惟真手指按着一个小黑点，似乎正从车内跑出来。

“这……这像是……”宋皓群愕然抬头。

“一只老鼠。”云惟真声音低沉而肯定。

就在这时，一个护士推着车进来，轻轻关上门。

“该换药了。”护士的声音很甜美，仿佛根本没有听到两人的谈话。

“我记得，根据医院的规定，换药时间是在早晨八点，现在还有整整半个钟头。”云惟真盯着她。

护士慢慢抬起脸——灰色的眼睛，带着一丝邪恶阴暗的气息，嘴角一颗小痣，正是在游泳馆出现过的美女！

云惟真低声喝道：“你们究竟是什么人——或者说，是什么东西？！”

“云博士，你真聪明。”护士的动作似乎刻意优雅，但仍然有种鬼鬼祟祟的味道：“怎么，这是你们自己的研究成果，你们怎么反而怕了？”

“张涛是你们杀的？”云惟真声音寒冷。

“唉，”护士叹了口气：“是张涛自己惊吓掉下楼去的，不是我们的本意呀。你们两位不是还活着吗？”

她笑得妩媚极了：“赵经理的个人账户里，现在应该已经有九位数的存款了吧？为了能重获自由，我们可没少花钱。可他现在连你们都想杀，真是贪心呢。”

宋皓群脸色惨白，几乎石化。

“这些年加拿大、美国、欧洲都在遣返经济罪犯，连逃到海外也不行，我们真是走投无路啊。与其被监禁几十年，甚至判处死刑，不如随便变成什么，哪怕是老鼠，只要能躲开公众的监督和法律的制裁，重新过逍遥自由的日子就行了。”美女护士舔了舔自己的手指，像老鼠舔爪子一样：“我们这些拥有权势或财富的人物，怎么能因为一点小事失去自由，甚至失掉生命？好在世界上总有赵经理这样的聪明人，如今，就算我们站在警察面前，警察也认不出我们。”

当技术达到一定的高度，它就可以绕开所有的法律。

华茂公司表面上是一家做新纤维材料研究的公司，但背后真正进行的，是基因工程。那是上帝造人时的最高机密，它神秘得令人向往，也神奇得令人震撼，云惟真、宋皓群、张涛，都是这个领域的天才，毕业于世界顶尖的高校后，高薪受聘于这家表面不起眼的公司。赵经理为他们提供了最好的研究条件，最前沿的硬件设施。

半年前，研究取得突破性进展，在是否立刻投入商业使用的问题上，他们和赵经理产生了分歧，赵经理表面上同意了他们几个的观点，背地里却在干这些勾当！

护士娇嗔地咬着自己的手指，或者称为爪子，巧笑着说："我叫贾嘉美。"

云惟真和宋皓群对视一眼，眼中都是惊愕。

出名的富商情妇贾嘉美，在微博上的照片千娇百媚，完全让人无法和眼前行为怪异的护士联系起来。比整容更彻底的改变，是变成"另外一种东西"！

"看来游泳馆的事情你也知道了？"贾嘉美打了个哈欠："云博士，那只是个玩笑，要知道，我们实在是太无趣了，找点乐子而已。你长得这么俊美，我可一点儿都不想杀你，不像那个心狠手辣的赵经理。还有那天到你家去，玩了会儿你的笔记本电脑，不好意思啊。"

说话间，她抛过来一个媚眼："如今，只有一个难题，要是你们肯帮忙解决，我保证你们这辈子有用不完的钱——为什么时间越久，从老鼠变回人身越困难？"

这时，门外传来脚步声，几个人——或者已经称之为人的"东西"，走进了病房。其中一个，正是在游泳馆的中年人。

云惟真握紧了拳，手背上青筋暴起——六年前重大火灾安全事故而落马的贪官皮盛辉，曾经无数次出现在新闻上的人物。那张意气风发的脸，和眼前灰色眼珠贼头贼脑的中年人，终于重叠在了一起。

"你们这些专家要相信，我们是来互惠互利的！"皮盛辉虽然已经改变了基因，却仍然改不了骨子里的官腔："替我们继续研究，掌握住基因密码的所有奥秘，你们知道怎样让它启动，一定也知道怎样让它刹车，不是吗？我们不会亏待你们的。”

说这句话时，他的灰眼睛里充满猥琐的诱惑：“正如赵经理所说，这么伟大的研究成果，怎么能让它埋没在试管里，不实现任何的经济价值呢？”

“做了老鼠，就永远做不回人了。”云惟真苍白的脸因愤怒而涨红：“无论是做人还是做老鼠，你们始终是活在黑暗里的偷窃者！”

皮盛辉的脸色一沉：“要是不肯配合，我们就要拿出赵经理的方案了。只要有钱，我们照样可以雇佣到其他科学家。”

杀人灭口！

云惟真脑中出现这几个字，只见皮盛辉无声无息朝自己靠近，狞笑着突然翻出一把水果刀！

“住手！都举起手来！”只听门被人一脚踢开。

陈警官率领几个人冲了进来，警察们手上都拿着枪：“我们是重案组特别刑侦人员，跟踪你们很久了！”

云惟真缓缓站起来：“是我，通知了警方。”

五

训练有素的脚步声中，警察们迅速包围了病房。后面几个警官押着一个满脸惊恐的人，正是赵经理！

“当初我加入研究团队，就知道你的计划了。”云惟真面无表情盯着赵经理：“我知道你为谁服务，也知道你将良心卖给了魔鬼。而我的目标，只有一个——就是为我妻子讨回一个公道！她在 615 特大火灾中丧生，去世的时候只有二十一岁。”

泪水在年轻人充血的眼眶里涌动：“但被判处无期徒刑的受贿官员皮盛辉，闻风而逃，至今逍遥法外。”

“他能在犯下重案后销声匿迹，世界上任何一个国家都没有他的行踪，这中间必然有什么秘密——赵经理，你的基因算法，早在六年前就已经投入使用了，不是吗？你们花重金想要解决的，不是怎样做加法，而是怎样做减法——当他们越狱或逃亡成功之后，不被老鼠的基因吞噬！”

“你……你原来什么都知道……”赵经理哆嗦着。

“当了老鼠，还想变回人？”云惟真冷冰冰地盯着几人。

贾嘉美突然将病床上的床单掀起！在警察的视线被抵挡住时，几只老鼠从地板上迅速爬入下水管道。

“他们逃走了！”

警察们迅速追下楼去，云惟真从窗台往下看，下水道里爬出的老鼠越来越多，像乌云般朝四面八方散去——高空俯视的角度让他有些晕眩，只见一场巨大的鼠疫蔓延开来，大地被灰色的乌云腐蚀。警察们不敢随便开枪，因为每一对有灵魂的灰眼睛，都是一条人命。他们中许多是在逃的罪犯，但死刑，必须由法律执行。

办案经验丰富之极的特警，面对一群老鼠束手束脚。

突然，一声清脆的声音打破了慌乱的沉闷。只见一个穿着病号服的小男孩，活力十足地拿起自己的小拖鞋。

“啪！”地一声，打在脚边的一只老鼠身上！

“老鼠！老鼠竟敢大白天出来！”小男孩扯着清脆的童音，呼喊旁边的小伙伴们：“快打老鼠！”

“打老鼠！”

不知情的小朋友们纷纷捡起身边的石块、树枝，以及一切能打的东西，朝四散的鼠群抽打。

天色，也是这时候大亮的。

“下面发生了什么事？”宋皓群脸色苍白地问。

“老鼠过街，人人喊打。”云惟真回过头来，久不见笑容的脸上露出一丝微微的光亮：“原来，自甘堕落为鼠，总有人人喊打的一天。”

售梦者

我在一家网络科技公司任中级主管，按时上下班，安分守己，偶尔参加同学会也还算体面。只是，随着年龄的增长，我越来越少做梦。直到——我遇到那个售梦者。

“开始时梦很昂贵，但这些年来渐渐变得廉价，以致我不得不乞讨度日。”他双手捧起一样东西递给我：“先生，请您收下。”

引子

我注意这个男人很久了。

他每天准时在大厦楼下的水泥管旁边出现，带着一把旧口琴和一顶破帽子，帽子里散发着奇怪而轻微的木质香气。

水泥地上，偶尔有零星几个硬币。

这天气温陡降，他在寒风中瑟瑟发抖，我手中正好有一件廉价的旧外套，于是将外套披在了他身上。

“先生。”他突然叫住了我，“好心的先生。”

他的手在帽子里摸索：“感谢您的慷慨，我没有什么能报答您，请允许我送您一个梦——这也是我的口袋里最后一个了。”

“梦？”我以为他在开玩笑。

“是的，梦。”他的灰眼睛有点暗淡，“开始时梦很昂贵，但这些年来渐渐变得廉价，以致我不得不乞讨度日。”

“我是个售梦者，”他双手捧起一样东西递给我：“先生，请您收下。”

我愣了愣，接过那件东西。

当晚，我的公寓里早早熄了灯。窗外雷电交加，而我安然入梦。人们常说，梦能带你去想去的任何地方。

是的，他们没有说错。

三天后，邻居们砸开了我紧闭的大门，警察们二十分钟后赶到。

一、相关人

乔东，男，二十一岁，大四学生，在一家网络科技公司做实习程序员，按时上下班，安分守己，没有不良嗜好。

“这个失踪案很奇怪。”警长翻阅着手里的资料，“门是从内反锁的，失踪者住的可是十二楼，总不能翻窗跳下去吧！”

“那天晚上下着暴雨，又打雷，”年轻的警察嬉皮笑脸，“难不成是穿越了？最近电视上都这么演。”

“严肃点儿。”警长瞪了他一眼，“再找乔东的邻居问问当晚的情形，还有乔东的亲朋好友，看他们那里有什么线索。”

邻居——

四天前啊？那时我早睡下了，真不知道发生了什么。

乔东刚搬来两个多月，我对他也不了解，夜里他窗口的灯总是熄得很晚，听说他是个程序员，是在写什么程序吧。

要说特别的事情，就是五六天前，居委会给住户派发垃圾袋，现在都提倡“垃圾分类，从你我做起”嘛，刚好乔东不在，我就替他收下了，晚上大约九点钟，我估计他已经回来了，就敲他的门，结果听到屋里传来几声闷响，好久才有人来开门，乔东的脸色有点儿难看，手里还拿着电话。我就奇怪地问了句，屋里是不是有客人？乔东的神色很警惕，说没有。

我闻到屋子里有股刺鼻的消毒水味道，还隐约传来一点别的什么味道。这时，又听到乔东冲电话那头在发火，说的是不太好懂的方言，手上随即准备关门。我只有把垃圾袋给他，回自己的屋子了。

别的实在想不到什么特别的了，虽然是邻居，其实我们没多熟，要不你问问他的熟人？

大学室友——

你问乔东？

他找到实习公司之后，就搬出去住了。我也有三个月没见到他了。他搬出去之前有没有奇怪的举动啊？让我想想。除了臭袜子不洗之外，没啥。这哥们儿挺帅的，年年拿奖学金。他就是那种典型的三好学生，平时学习刻苦得很，天天上自习，和他走得最近的是庄天才，就是我们班去年跳楼自杀的那个。

报纸上不都报道了嘛，当年沸沸扬扬的，你不知道？

啊，不好意思，我说习惯了！就是庄杰伦。庄天才是我们给庄杰伦取的外号，因为那哥们儿实在太天才了，连实变函数论这种课程也能考满分；而且他的长相，简直和周杰伦太……不像了！倒是发型有点像当年的郭富城。他和乔东两个是竞争对手，不仅在学习上总是一个第一、一个第二，而且听说都追过我们班花。

班花喜欢的人是庄天才，于是乔东失恋了……其实他根本也没恋过，就是暗恋失败了而已，那段时间他颓废得很，颓废的表现就是臭袜子又两个星期不洗了。

可我们怎么也想不通的是，庄天才那哥们儿会突然跳楼。就是从我们这栋宿舍楼的七楼阳台跳下去的，那么瘦的一个人，竟然能流出那么多血，跟拍恐怖片似的。当时阳台上没有其他人，宿舍里有他的遗书，压着八百块的奖学金，让我们寄回去给他妈。庄天才死的那天，乔东上自习很晚才回来。

接连几天，乔东都面无表情，有点魂不守舍。据说自杀这事儿会传染，我们都挺担心他。那时我们六楼的公用厕所里，有扇门坏了，报了宿舍管理员半个月也没人来修。有一天，我正在里面上大号呢，这兄弟一把把门拉开。换了别人，一看到里面有人，肯定立刻把门关上，去旁边的。乔东却两眼放光站着不动，盯着我，像我脸上有黄金似的，我被他看得浑身鸡皮疙瘩，差点把拉了一半的屎又挤回去了。我心虚气短地问兄弟你看啥呢？他这才如梦初醒，说没看啥，梦游似的出去了。

这都大半年了，我一想起当天乔东的眼神就内分泌失调。你问我和其他男生有没有不正常的交流？哦，你就是想问他是不是GAY吧？这倒没有！你只要看他电脑E盘里的片子，就知道他取向绝对正常。再说了，他要是好这口，四年了，哥几个还能守身如玉到现在？他女朋友是隔壁化学系的，挺漂亮的，要不你去问问她？

女友——

我和他已经没什么关系了，他大二来选修我们化学系的课程，我们是那时认识的。修双学位人不少，但大多都是选修热门的金融、法律什么的。不知道他一个搞计算机编程的，为什么要修化学，虽然北大校长的《化学是你化学是我》现在成神曲了，但化学系还是冷得冻死人，而且女生特别少。

他平时爱坐我旁边，经常找我借个笔记什么的，一来二去就熟了。有段时间乔东来上课的时候，说起他经常做梦，梦到跳楼的庄天才。我问我的闺蜜们，这是不是表示乔东和庄天才有点儿不正常？她们一下子像打了鸡血似的兴奋，说要调查清楚。

那个学期窗外的天空晴得很放肆，桃花、海棠花、樱花开了一路，湖边的柳树也绿得妖娆，是很适合谈恋爱的季节。乔东这人高大帅气，又特聪明，课堂测验比我们所有化学专业的男生都厉害，性格也挺招女生喜欢，后来他向我表白，我没怎么犹豫就答应了。

可是有天，我在他钱包里发现了一张黑白照片，带黑框的那种，你没听错，就是小型遗像……相片上的大美女雪白瓜子脸，笑容好看得让人心都化了，似乎有点眼熟。我心里顿时有点酸溜溜的，又有点奇怪，问他这是谁，他说是他们班花，已经死了。我吓了一大跳，只听说他们计算机系有个男生跳楼了，什么时候又有美女出事？怎么死的？他也没再回答，脸上看不出什么表情。

我心想，莫不是选修课上讲《周易》的老教授说的，他们系有点儿风水不好？不然怎么接二连三出人命？

几天后我在食堂吃饭，突然看到一个身材袅娜的美女，我心里一个激灵，鬼使神差跟上前去，看到她的正面，顿时吓得饭盒也掉地上了。美女有点诧异地看着我，我指着她问："你……你不是……""死了"两个字没出口，我就闭嘴了。光天化日之下，站在我面前的绝对是活生生的人。乔东钱包里的遗像，就是眼前的美女，但人家明明活着！

我生气地找到乔东，问他为什么要弄这种低级的恶作剧，他沉默了半晌，嘴角带了一点苦涩的笑："那是我以前暗恋的女生，她在我心里确实已经死了。"

那时他的表情，让我有那么一点儿心痛，也有那么一点儿嫉妒。

后来的一天，教室熄灯的时候已经有点晚了，天上挂着毛茸茸的月亮，我看见乔东和一个女生从教室走出来。

女生正是那个班花，两人走到黑暗的地方，乔东不知道说了些什么，女生突然尖声嚷了一句："拜托，你醒醒吧！"说完扭头就走。

尾随而来的我，终于忍不住上前，问了他和那个女生的事情。

他沉默半天，只对我说了一句话："你和她长得有点像。"

难怪第一次看到那"遗像"，我会觉得熟悉的……当局者迷而已。那晚我哭了很久。

后来我果断和乔东分手了，如今我们有半年没有联系，也不知道他怎么会出这样的事。你问那个班花的去向？她和新男友一起出国了，大概两个月前去加拿大了，就这样。

二、乔东的微博

"乔东随身的笔记本电脑已经被清除过一次？"警察局里，警长一边翻看资料一边问。

"没错，包括室友说的 E 盘的片子，也全都删除了，经过专业的硬盘痕迹擦除，嘿，不可能恢复。”

“这小子挺谨慎的啊。”

“人家是学计算机的。”

“通过 IP 地址查找，看有没有收获。”

“是。”

两天后，年轻的警察甩过来一个网址：“大发现！乔东的微博！”

博主：马桶畅想曲

个人简介：我的梦想金灿灿的，都是屎。

关注：16 粉丝：0 微博：4

我同学自杀了，他是数学天才。他父母很早离婚，他妈靠做钟点工供他上了大学。去年这个时候，有个英国数学教授到学校里挑人，出了道题，全校只有他做出来了。但最后，出国名额落到了另一个人头上——据说是副校长的儿子。那晚他跟我说，不上自习了，想早点回去。那天，他跳楼了。

转发（0）| 评论（0） 9 月 16 日 21:21

我不相信石油。

转发（0）| 评论（0） 8 月 23 日 20:05

只有人类自己能救自己。

转发（0）| 评论（0） 6 月 10 日 20:33

请大家关注粪便能量！取之不尽用之不竭的绿色无污染新能源，自产自销，全家受益，只要你能排便，就能创造能源！这是解决能源危机的重要一步，举手之劳，请帮忙转发。

转发（0）| 评论（1） 3月8日 15:28

评论：

太上皇又怀上了：什么玩意儿？去吃屎吧（3月8日 15:52）

“这小伙子，是个‘有为’青年啊！”警长一边用鼠标往下拖着页面一边感慨。

“他不信石油，”年轻的警官幽默道，“只相信粪便？”

“只有人类自己能救自己，这句话倒说得没错。”警长摸摸鼻子，也诙谐了一把，“这小子不会这么多天一直躲在洗手间里，制造‘新能源’，让我们找不到他吧。”

这时，电话铃响了，年轻的警官接起来，眉头先拧紧再舒展开来，挂了电话，眼前一亮：“是乔东的母亲来了。她从老家刚刚赶到！”

三、难忘的旅行

乔东的母亲——

警察同志，情况我都知道了，谢谢你们的帮忙。我相信东东一定会回来的！这几天我的左眼皮一直跳，昨天我还梦到东东小时候的样子。那时的老平房后院有一棵石榴树，他最喜欢在树下淘气，挖蚯蚓、掏蚂蚁洞。喏，都是东东小时候的照片，你看，这几张笑得多开心！

你问他捣鼓的那些东西？是啊，是啊，东东从小喜欢化学，从高三开始，说他要研究粪便能源……说出来不怕你们笑话，现在我们都用马桶，哪里有那么多粪便？他在家里时就把自己的粪便用瓶子装起来，还装我和他爸的，我们上厕所时就在外面等着，不等我们冲厕所就跑进来，看到粪便像看到黄金似的，我也担心这孩子着魔了，但又不知道怎么办才好……

当年高考填报志愿时，东东是想学化学的，他的化学成绩也很好。但他爸不同意，为了以后好就业，让他报计算机。父子俩差点儿为这件事反目，东东一连好几天不理他爸。他不知道，其实，他爸当年比他还倔——十几岁迷上了黑格尔，考大学时毅然报了哲学系。这几十年过去了，当年的高中同学大多比他过得得意，他爸现在还在一个小公司打杂，书柜里的哲学书都发黄发霉了。他爸常跟我感叹：这人的一生，关键的时候选错一步，一生就搭进去了。这兴趣和恋爱一样，被冲昏头脑就那么短的时间，你要是被感情牵着走，后悔都来不及。

他爸不想东东重蹈自己的覆辙，坚持让他选一个热门专业。可东东这孩子一进大学，就修了化学双学位，这事儿他爸管不了，不支持也不反对，就随他去了。

你问东东的恋爱啊？孩子大了，恋爱的事儿没和我说过，倒是听他提起过同班一个同学，叫什么天才的，一根筋认准了数学梦，和他认准化学梦一样，两个人很投缘，他说大学四年就这么一个朋友。可后来那个同学意外去世了，那次他在电话里问我：再有梦想和天赋，也会被世俗和权势扼杀吧。我问他是不是遇到了不开心的事，他说同学死了。我吓坏了，怕他也走进死胡同，可那时他说的一句话我到现在还记得，他说：妈，我没那么软弱，我不会放弃梦想，更不会放弃生命。你看，东东就是这么个孩子。

你问六七天前？对，那天东东和他爸吵了架，东东说不想在实习公司待下去，要辞职什么的。父子俩在电话里都怒气冲冲……至于你说他租来的公寓里有怪味？这个还真不奇怪，他以前在家里也自己制作简易设备，有次粪全喷出来，家里臭气熏天，他爸气得差点儿动手打他……

“听邻居说的情形，还以为乔东在屋子里杀人埋尸呢。”年轻的警官把笔录作好，哭笑不得。

就在这时，电话铃又响了。

警长接了电话，兴奋地问：“什么？有乔东的消息了？”

年轻警官立刻凑过耳朵去，只听警长“嗯嗯”地回答着，又连说了几声“好，好”，别的却没听清楚。

“怎么回事？”等对方挂了电话，年轻警官立刻急切地问。

警长长舒出一口气，往后仰在转椅上，突然笑起来，“人已经找到了！等着看明天的报纸吧！”

四、新闻

第二天。

《楚城青年报》第三版：大四学生骑“马桶摩托车”旅行一千公里，创造奇迹

武汉大学计算机系大四学生乔东，于半个月前失踪。时隔十六天，乔东竟然出现在北京西城区中科院附近。青年人衣服有些脏，看得出很多天没刮胡子，但精神抖擞，他告诉本报记者，他从家里“失踪”，是受了一个乞讨者的鼓励和帮助，对方送给了他一件“秘密武器”，具体是什么东西，他暂时不便透露。这些天来，他骑着自制的“马桶摩托车”，摩托车的动力是他自己研制的转换机，在没有使用任何石油或电力能源的情况下，全凭每日“自产自销”的粪便作燃料，将摩托车从武汉开到了北京。

记者问起他这么做的目的时，他说，这是为了宣传环保理念与粪便新能源，证明自己一直以来的梦想不是空想，他相信粪便可以代替石油，成为绿色的机动车燃料。

当记者问道，现在毕业生不好就业，他有一份令人羡慕的稳定工作，听说下个月就要正式签约，是怎么想到放弃实习公司，做出这个大多数人看来“疯狂”举动的时候，乔东回答：“没错，公司的待遇很好。如果我按照父母的愿望进入这家公司，二十年后，也许能做个中级主管，按时上下班，安分守己，没有不良嗜好。但，我可以将自己的一生看到头了，这是一种很可怕的感觉，我必须每一天、每一天忍受时间无声无息的凌迟，重复那个并不真实的自己。

说到这里，乔东绽开一个洒脱的笑容：“管不了那么多了！真的，我只想做自己想做的事。人如果从来没有精彩地生活，又怎么能算真正地活过？”

“这是最棒的毕业实践！”采访结束时，乔东兴奋地朝记者做了一个大大的V字。

这个镜头正是新闻的压轴照片。

照片上乔东露齿而笑，肩膀上洒着金子般的阳光。摩托车后座的新能源马桶里，也装着金灿灿的燃料。早春温暖，大路两边绿意葱茏，那些嫩芽仿佛都绽开在他心上。

尾声

我叫乔东，四十二岁，在一家网络科技公司任中级主管，按时上下班，安分守己，没有不良嗜好。

我循规蹈矩地工作，按部就班地生活，偶尔参加同学会也还算体面。只是，随着年龄的增长，我越来越少做梦。直到——我遇到那个售梦者。

“开始时梦很昂贵，但这些年来渐渐变得廉价，以致我不得不乞讨度日。”他双手捧起一样东西递给我：“先生，请您收下。”

我愣了愣，接过那件东西。那是一个简易的电阻，带着古朴而神秘的美感。作为一个已经被诊断为胰腺癌晚期，而且连医生也放弃了治疗的人，我知道自己的时间就在这几天了。年轻时那些热血沸腾的遗憾，在回忆时只是淡淡麻木而已——我原以为自己不会再有梦。

当晚，我的公寓里早早熄了灯。窗外雷电交加，而我安然入梦。人们常说，梦能带你去想去的任何地方。

是的，他们没有说错。

三天后，邻居们砸开了我紧闭的大门，警察们二十分钟后赶到。

我的尸体安详地躺在床上，遗容面带愉悦。

——人生的最后一晚，我是微笑入梦的。

火中取栗

胡天宝背着干粮走在小道上，哼着不知名的歌儿，要去哪里，他不知道，可这又有什么关系？他总会在旅途中找到。

一

胡天宝十六岁，住着洛阳城最大最阔气的宅子。洛阳秋风意万重，微凉的阳光像碎饼末似的洒了他一头一脸，少年背着阳光伸出舌头，轻而迅速地舔了舔嘴，如同一只游荡街头的猫。

就在半天前，他到某家常去光顾的拉面店里晃悠，恰逢店里的一只狸花母猫产仔，他听里面的叫声说是四只，半老徐娘的拉面婶不知哪来的一个亲戚，硬说是五只。胡天宝最恨别人比他高明，押了五十个铜钱和对方打赌，结果赌输了。

他的口袋就这么空了。

虽然他住着洛阳城最大最阔气的宅子，但他的身份却只是个守门的。

少年不识愁滋味，只是肚子开始叫的时候，人总会有些犯愁的。他不能厚着脸皮回拉面店里，收回他说出口的打赌和一个月的铜钱，那老板娘虽然算不上拉面西施，眼角眉梢总还有些女人风韵，他掏出五十个铜钱时，她的眼神让他十分受用。胡天宝虽然赌输了，却昂首挺胸地走了出来。

昂首挺胸的胡天宝走过卖蟹粉蒸包的铺子，五芳斋糕点老店，鳝丝牛肉面馆……最后转了个弯，绕到一个偏僻脏乱的小巷子，一屁股坐在一个馄饨摊油腻的板凳上："来碗馄饨！"

"天宝哥，你又赌输了？"少女脆生生的笑声从热气腾腾的大锅后面传来。那声音像一只外皮酥薄、入口即化的小馄饨，听在肚子饿的人耳朵里，简直如同天籁之音。

"还不都是因为你？拉面婶来了个亲戚，呸，说自己是做馄饨的好手！"胡天宝厚着脸皮胡说八道，"我说全洛阳城只有你的馄饨还算像样，他算哪根葱？所以才跟他打赌的……"

少女扑哧一笑。

胡天宝朝大锅后面摆摆手，"虾米不要，多放葱花。"

"还有汤要七分烫，知道了！"少女熟练地将雪白的馄饨下到锅里，粗布袖口下是与馄饨皮一般雪白的手。

馄饨很快做好了，少女的脸从朦胧温热的水汽里露出来，干净得仿佛刚被细细擦洗过，脸颊粉红着婴儿肥。笑容明亮的眼眸是傍晚铅灰的天幕第一颗星，灼灼动人。

胡天宝吃着人家的白食，嘴上偏偏还难听："离离，你这名字取得不好，离就是分别，难怪你从小没爹没娘，孤苦伶仃。"

叫离离的少女恼他一眼，却没真的和他计较。她将手在布裙子上搓了几下，把香醋摆上："这名字是沈公子取的。他说，'离离'是野草茂盛的样子，境遇再艰难，也要蓬勃地生长；自己再弱小，也不忘记乐观的希望。"

说这些话时，离离微卷的鬓角浸在淡金色的阳光里，整个人仿佛春天水嫩的野草，饱满清香。

胡天宝看得呆了，讪讪地问："那你本来的名字，叫什么？"

"我也忘了。"离离愣了愣，有点茫然地说。没爹没娘的女孩，不记得原名也不奇怪。就算记得，想必那也是个诸如"巧香""桂花"之类土气的名字罢了。

不远炊烟升起，离离的睫毛动了动，遮不住眼底溪水般清澈的仰慕，还有一丝难以言喻的天真妩媚。胡天宝突然明白了什么。

他嗤笑地哼了一声："哈！爹娘取的名字，你倒忘得干净，光记着别人取的名字，有什么意思？"

离离被他一句话堵得微涨红了脸，随即辩驳："沈公子不是别人。"

"他不是别人，是你的意中人吧！"胡天宝小肚鸡肠地翻了个白眼。

这下，即使离离再不与他一般见识，也终于满面羞红："你——"她将辣椒酱往桌上一摔，转身去忙，只当他这个人不存在。

胡天宝望着她的背影，脸上还是满不在乎的神情，嘴角却牵了牵——

那是一丝……既不服气，却又不能不服的失落。

沈家公子，单名一个峥字，是个坐在轮椅上的年轻人，和胡天宝一样，他也住着洛阳城最大最阔气的宅子。

不同的是，那座宅子本就是姓沈的。

沈家是江北武林世家中极有影响的一家，不因其强，只因其富。有人说，沈家的黄金兑成白米，可以供整个江北百姓十年衣食；沈家的美玉奇珍，可以买下整个洛阳城。沈家的赌场、商铺遍布天下，前三代家主虽不能算江湖翘楚，至少长剑生风，长拳生威，普通人看来还是极有章法的。

但这一代的家主沈峥十分年轻，却因为自小体弱，腿疾不能行动自如，完全无法习武。

沈峥身体不好，久病成医，便开设了一间义诊堂为人诊脉，四海之内慕名前来的人，每年不知千百。久而久之，沈峥在江湖中的名声，竟然超越了祖上三代的积累。

毕竟，江湖上从不缺杀人的刀剑，却总是缺救人的仁义。

病人的脸色大多是沮丧难看的，沈峥温和以对，从无怨怼。

离离当初一瘸一拐地来看烫伤，半条腿都红肿得高高的——当然，那时离离还不叫离离，只听认识的人叫她“丫头”。小丫头见到在义诊堂跑腿的胡天宝无聊自创了一套“百兽拳”舒展筋骨，满眼崇拜地说：“哥哥，你一定会成为了不起的大夫！”胡天宝觉得自己活了这么多年，终于遇到识货的了。可丫头片子识完货就把他扔在一边，没他什么事了。

胡天宝第一次看到离离，就被她明亮的笑容吸引，但她的目光，总是追随着沈峥的。

二

胡天宝回义诊堂时天已经黑了。

平常这个时候病人少，沈峥多半在挑灯研读医书。但这会儿，远远就能听到喧哗叫骂声不绝于耳。

胡天宝心里奇怪，推开门，只见屋子里一片狼藉，几个拿着棍棒的男人正把义诊堂的伙计们围住暴打，其中一个朝墙角吐了一口唾沫，嘴里大叫：“装什么装？”

——轮椅歪在墙边，沈峥双目紧闭倒在地上，额角一道伤口正往外渗血。

“你们干什么？”胡天宝大吼一声拨开他们，将沈峥抱起来，对方的意识还是清醒的，吃力地抓住他的衣襟，示意他不要冲动。

“我女儿为什么会被医得半死不活？”一个中年人手里挥舞着胳膊粗的棍子，“什么武林世家，不过是欺世盗名的病秧子！别以为你们有钱能通神！……”他边骂边把义诊堂的药罐、医书掀翻在地，再用棍子砸得稀烂。

胡天宝大怒正要上前，若是沈家十一护卫得到消息赶来，他们就算再来一百人，又能怎样？可他的动作却被沈峥拦住。

“把人放了……不关他们的事。”沈峥喘息着，一字一字清楚地说，“义诊堂开的每一贴药，都由我亲手把关。这件事，我会负责到底。”

看着眼前的年轻人满脸鲜血说出这样一句话，几个人虽然仍然在咒骂，但打人的动作终究是停了下来。

只有那个为首的中年男人恶狠狠地冷笑：“要我作罢可以，你把我女儿健健康康地还给我！我给你三天时间，治不好她，我一把火烧了你们义诊堂！”

屋子里终于安静下来。

经过这一番折腾，沈峥的体力早已透支，胡天宝把他抱到轮椅上，指挥几个伙计清理屋子。

“天宝，此事不要惊动府中护卫，既然是义诊堂的事情，我有自己的方法解决。”沈峥仿佛看得懂胡天宝心中所想，“推我去看下苏香姑娘。”他显然没有休息的打算，强打起精神，“她的病症，我从未见过……”

胡天宝本来想说什么，知道他不会听劝，只有推起轮椅。

这个叫苏香的姑娘，胡天宝是认识的。但床上沉睡的女子，他却不认识了。

苏香长得有点胖，在街头摆摊卖泥人，一双巧手会捏许多小玩意儿，自从一次伤风咳嗽来义诊堂看过病之后，隔三岔五就会有小病来瞧。胡天宝有一次逛街经过她的摊子，无意中撞见她捏了个泥人，相貌酷似沈公子。于是，胡天宝私底下告诉沈峥，苏香姑娘来义诊堂，只怕十次有九次看的是相思病。

沈峥却只摇摇头，每次见苏香来，照样认认真真给她把脉、抓药，一丝不苟。

胡天宝觉得自家公子脾气好是没错，就是有点书生气的迂腐——有时候女人要的不是你的温柔，而是一个干脆。要不是他太顾及苏香的感受，说不定，就不会有今夜的麻烦事了。

“你有没有发现？苏香……变漂亮了？”胡天宝愕然。

眼前双目紧闭的苏香，整个脸部轮廓仿佛被注入了灵气，原本平庸的姿色无端有几许动人意味，身材似乎也窈窕了许多，和之前的胖姑娘判若两人。

胡天宝上一次看到苏香，不过是四天前。

人的样子，可以在短时间内变化这么大吗？

沈峥点点头，又摇头："她今天午时来瞧病，说发热，我把脉并没有发现什么异常。于是请她先回去休息。但那时我就觉得，她和往常似乎有点什么不同——"

说到这里，沈峥眼神变得凝重又有一丝疑惑："没想到，黄昏时分，她爹就抬着人过来了。"

"那她搞成这样也许是自己吃错药了，关我们什么事？我们义诊堂不能总当冤大头，免费看病还要给人收尸。"胡天宝没好气地说。

"天宝！"沈峥轻轻喝止他，忍不住咳嗽起来。

胡天宝也意识到自己说话太过了，讪讪地补了一句："反正不关我们的事，苏香她自己一定知道得比我们多——"

他说到这里，只见沈峥的神色有点奇怪。

胡天宝平时吊儿郎当，大事临头却粗中有细："公子，苏香是不是还跟你说了什么？"

"……"沈峥欲言又止，胡天宝立刻明白了——公子不愿意说谎，又不想说出实情。

"到底怎么回事？"胡天宝和沈峥认识多年，最是了解他："你是不是在袒护什么人？"

沈峥抿唇不语，显然被说中了。

"是谁？苏香到底跟你说了什么？"胡天宝还要逼问，沈峥抚了抚额心，"你放心，我心中有数。"

胡天宝最看不惯别人拖泥带水，但每次见到自家公子这种表情，就知道自己再急也白搭了。

夜凉如水，沈峥一夜未眠，披衣研读医书。

苏香的爹只给了他们三天时间。清晨天刚蒙蒙亮，胡天宝就去几个熟悉的朋友那里打探，看有没有什么治疗昏迷的偏方。

离离那里自然是要去的，她人缘向来最好，遇到沈峥的事情更不会袖手旁观。

想到这里，胡天宝心里难免有点醋意。

馄饨摊前，谁知道没等胡天宝开口，离离就一边下馄饨一边不开心地说：“褒千金要离开洛阳城了，天宝哥，你可听说了？”

褒千金是江湖上出名的冷美人儿。

离离对褒千金很是崇拜，每次听来关于她的奇闻，总是津津有味地说给胡天宝听，最近的一次是有个厨子切黄瓜时，不小心切掉了三根手指，厨子拎着血淋淋的断指来找褒千金，后来，那三根指头都接上去了，而且毫不影响他继续切黄瓜。

生死人，肉白骨，褒千金并不是哪个大户人家的小姐，而是个女郎中。

她医术高明，一张方子价值千金，于是得了这么个江湖名字。她性情冷傲不爱见人，闲杂人等没机会见到她。

身为闲杂人等之一的胡天宝，却见过褒千金一次。那次沈峥腿疾发作，沈府上下慌成一团，胡天宝也手足无措的时候，身后伸出一只清凉如玉的手，挡开他："让我来。"

灯下美人轻纱蒙面，那手冷得像是浸着凉月光洗过一千遍，干净苍白，稳而冷静，有一种医者独有的气质。胡天宝不由自主地侧了侧身，给她让出一块地方。

她有条不紊地为沈峥把脉，施针，又给了胡天宝一颗鲜红的药丸，冷冰冰地说："内服。"

那药不知道是用什么方子调配的，倒是有用。

但更多的时候，褒千金开的药也没有特别的效果。其实胡天宝不太喜欢褒千金，总觉得这个女人多少有点装的意思，因为第二天一早，褒千金的催账口信，就由小童带到了沈府。

这些年褒千金从沈府赚了多少钱？从她的生活起居就可以看出来。听说她服用人参要五寸长以上的，只品尝参尖；穿衣服除了七彩蚕丝的蜀锦之外，其他一概不要，单是一件冬衣就要寻常人家几辈子的收入；洗漱都用骊山的温泉水，雇佣工人千里迢迢取水来，比王公贵族还奢侈。

女人好享受并没有什么，她有资本。可是那些付不起诊金的病人，她冷笑看着人死在她面前也不会出手相救，就太过凉薄了。

让胡天宝想不通的是，沈峥对全洛阳城的女子都不入眼，唯独对褒千金痴痴执着。还有一次，胡天宝看到沈峥写书法，写的是八个字的清雅小楷——

一眼一念，日日年年。

连最高明的医者，也无法治愈人心的痴缠眷恋吧。

三

“天宝哥，你去哪儿？”离离朝胡天宝的背影喊，这个蹭白食的家伙，头一次不把馄饨吃完就走。

胡天宝只觉得整个头脑里都敞亮起来——他怎么把褒千金给忘了呢？如果沈峥要袒护什么人，那无疑便是她！

他突然又想起，几年前，一位官宦人家的大小姐生病，遍寻天下名医也束手无策，后来请到褒千金。她不知道用了什么方法，等那位大小姐再出来见人时，不仅病好了，所有人都说，那张脸美得令人不敢相认。

可惜的是，那位大小姐终究还是命不好，半年后家宅失火，香消玉殒。这件事和如今苏香的病，有没有关系？

等胡天宝赶回义诊堂时，沈峥却不在。

“公子说他出去了。”打杂的伙计摸摸头，“也没说去哪里，只说至少午后才回来。”

“那个——”门口传来敲门声，“大夫在不在？手指被切伤啦。”

“今天关门！”胡天宝没好气地说。屋子里的伙计们都鼻青脸肿，地上还有昨天没收拾完的瓶瓶罐罐。没看到都乱成什么样子了吗？

“门明明是开的啊。”病人指指门口，“你看。”

“……”你听不懂人话吗？胡天宝正要赶人，突然一怔，对方的脸莫名有点熟悉，在哪里见过呢？那一股熟悉的馄饨味儿……

“是你！”对方倒是先认出他来了，“哈哈，五十贯！”

这下，胡天宝也认出他来了，这个一身馄饨味儿的中年人穿着半旧布衫，正是拉面婶的亲戚，说自己是做馄饨的行家，又打赌说狸花猫产仔是五只，赚了他五十个铜钱的混蛋！

胡天宝撸起袖子正要赶人，只见那位馄饨君随口问一个伙计：“你拿的是什么？”

“这是我们公子用的药。”伙计小心翼翼地把药倒进药炉里，“是千金神医开的。一点儿也不能浪费。”

“很贵？”馄饨君凑近了闻闻，“可我只闻到了普通的补药，黄芪、当归的味道啊。”

胡天宝的第一反应是他在开玩笑，第二反应是随便一个路人甲的话也当真？但他还是不由自主地反问：“你说什么？”

“这些，”馄饨君捻了一点药材末在指尖，“是普通的补药而已。虽然调制方法高明，但只有温补作用而已，成分就是……”

“可笑！”胡天宝粗鲁地打断他，“你以为你是郎中？”

“算是吧。”馄饨君摸摸下巴，“褒千金什么的，医术还是欠了点火候……我比她厉害一点点。”

伙计们都笑了起来，最老实的一个问：“你比千金神医还神，我们怎么没听说过你的名号？”

馄饨君奇怪地反问：“好大夫怎么会有名呢？”

很久之后，胡天宝才明白这句话的真正含义。

当时，所有人都当这个路人甲在胡说八道吹牛，胡天宝也一样。

“我家养的鸡啊，鸭啊，生病了都是我给它们看的……”馄饨君说到这里，看了炼药炉一眼，突然说："可惜。"

"啊？"伙计摸摸脑袋。

"这只药炉，炼药容易取药难。不管铁具还是瓷器，都会破坏药性——只有将手伸进滚烫的炼药炉里，才能将炼好的药丸取出来。"

胡天宝吃惊地看了他一眼。

"现在药炉表面上只裂了一道缝，其实内火尽泄，药炉已'死'，以后只是一把废炉了。"馄饨君的话刚说完，一个伙计进来说："刚在东街看到我们家公子了，他在褒千金楼下！这么大热天的……"

对方的话没说完，胡天宝已经冲了出去。身后，那个路人甲似乎叫了句什么，他也没有听清。

馄饨君说的是："好大的烟味……啊，起火了？！"

四

"我们家主人忙得很，没空。"传话的小童很不耐烦，"你明日再来吧。"

秋天的太阳毒，一炷香的时间就让人汗湿重衣。沈峥已经在日头底下等了两个时辰，脸色极为苍白，听到回话只能勉强支撑起一个笑容："我的确有急事……还请你家主人无论如何见我一面。"他加重了后面几个字，"人命关天。"

"生老病死，哪天没有？也没见天翻过来。"小童翻了个白眼，"神医见得多了！"

说完"砰"地一声关上门。

沈峥怔怔坐在紧锁的大门口。满头大汗的胡天宝恰在这时赶了过来，不由分说推起他的轮椅往回走。

“跟我回去！”

“我不回去。”沈峥固执地摇头。

“你醒醒吧公子！”胡天宝突然大吼一声，“她要是能治好你，早就治好了！她要是对你有情，就不该把你扔在毒日头底下不管！她要是不爱你的金子，这些年就不会把廉价药冒充神药卖给你！”

“那个女人爱财如命，”胡天宝猛地将怀里的半包药材砸到地上，“她根本是个庸医！”

地面一片狼藉，沈峥苍白的脸色也如同被洗劫过的地面，遍地狼藉。

他抿唇不语良久，抬眸一字一字地说：“我不信。”

胡天宝还要说什么，所有的语言却猝然被他眼底的一星泪光逼退。

“我有多少次在鬼门关徘徊，都是她把我拉回来……”沈峥剧烈喘息着，“她一日不见我，我就在她门前等一日。”他猛地想要推开胡天宝的搀扶，却眼前骤然一黑。

“不好了！起火了……”

烈焰冲天，义诊堂浸淫在一片骇人的火海中。呼救的，担水的，哭泣的，救命的……半条长街都被喧哗声吞没。

火是从苏香躺着的房间里烧起来的，屋子里不知怎么燃了起来。秋天干燥，火苗蹿起得快，等发现的时候已经迟了。要不是路人甲馄饨君带着伙计们用湿毛巾捂住口鼻冲出燃烧的义诊堂，只怕这一场大火，就要舔走几条人命。

火从中午烧到傍晚才被扑灭，义诊堂和里面的所有医书、药材都付之一炬。旁边的几座屋宅也受了波及，屋主人捶胸顿足，一把鼻涕一把泪地扬言要沈家赔偿。

站在一片焦黑的废墟上，胡天宝不知道该说什么，他们已经拼命努力了，这是最坏的结局。人生有些时候就是如此，你尽力了，却挽不回最珍贵的东西。

五

大火之后，苏香的尸体没有找到，只怕是在火里烧得尸骨无存。苏香的父亲和几个同伙以纵火罪被逮捕扔进监狱。

奇怪的是，姓苏的男人抵死不认罪，说自己根本没有放火。官府当然是不信的，他带着人凶悍蛮横去义诊堂闹事时撂下的狠话，所有的伙计都可以作证。

只有胡天宝隐约觉得有那么一点不对——

苏香的父亲虽然扬言要烧了义诊堂，但他既然说了三天，为什么时间不到就动手了？而且他的女儿也在义诊堂，他这一把火，岂不是要连苏香也一起烧死？

真正的谜底，只怕还是在褒千金那里！

这夜下起了暴雨，大街上空无一人，胡天宝悄悄蹲在褒千金的小楼外。雨水中传来急促的脚步声，地上溅起冰凉的水花。

门吱呀打开了，小童探出头来："回来了？"

"嗯。"夜归的女子应了一声，那声音有些熟悉，胡天宝正在疑惑间，一道闪电裂过天空，雪亮惨白的光线中他看清了对面的人脸——那是一个他绝对想不到的人。

离离！

她全身湿透，眼睫上不知道是雨水还是泪水。小童似乎与她十分熟悉，拉着她的手进门，又说了几句安慰的话。

离离与褒千金是何时认识的？胡天宝只觉得心里满满的疑惑，都像拼命下坠的水花般沸腾起来，他几乎忍不住要冲出去问个究竟，但门已迅速关上，一切归于黑暗寂静。

六

清晨，沈府金碧辉煌的宅院染上了点点黎明的胭脂。

可府里一片愁云惨淡。

沈峥躺在病床上，眼神空洞洞的，整个人就像死去了一样。

"公子，没关系，只要大家人没事，以后义诊堂还可以重建！"胡天宝心里还装着昨晚的大雨和离离的身影，谜题像灰烬铺在他的心上，却还是勉强自己言不由衷地豪迈。

几天不吃不喝的沈峥咳嗽了几声，突然轻轻睁开眼睛："你走吧。"

胡天宝一愣，没有明白他的意思。

"你领了银子回老家去。"沈峥在床上虚弱地转过身，"义诊堂没有了，我不想再见到与它相关的人，触景伤情。”

胡天宝许久才回过神来——沈峥性情虽然温和，但决定的事情从不更改。

这样……就完了？

管家走上前来，一脸僵硬刻板：“公子吩咐过了，给你多算三年的工钱，你跟我到后房来领，收拾东西吧。”

大门外，有个人似乎已经等待了许久，正是离离。

看到胡天宝带着包袱出来，她急忙小跑上前：“天宝哥，沈公子他怎么样了？”

“他心里装着别人，你算什么？”胡天宝心情低落到了极点，“我们这些人，在他眼里根本什么都不是！你别傻了，就算你豁出来性命，他也不会看你一眼——”

胡天宝说到这里，突然顿住。

因为他发现，离离变了。

少女变得更漂亮，她原本圆润粉红的脸颊，透着一层让人难以逼视的艳色，像是天然质朴的石头被打磨成冷玉，她衣襟下的锁骨，像是被雨水滋润的草木，透着晶莹的光华。

刹那间，胡天宝脑中有什么东西一闪而过：“褒千金给你吃了什么药？”

离离抿唇没有答话。

“褒千金是个女骗子……你怎么能相信她？”胡天宝蛮横地抓起离离的手，“走，我带你去找她！”

“不要……我不去！”离离用力甩开他的手。

胡天宝却不肯松开，“那，我带你离开洛阳这个鬼地方，想到哪里就到哪里！”

“离开？”离离泪眼蒙眬地一愣。

“是！”胡天宝的眼里放出光芒，那是独属于少年的清晨和朝阳，“天广地大，四海为家。”

这句话，是那个路人甲馄饨君说的。

少年期待的目光近在咫尺，离离低头不语。

胡天宝眼里的光芒慢慢暗淡下去，他注视她良久，轻轻抬起她的下颌：“你——还是放不下他？”

四目相对，离离说：“我不走。”那微颤轻若叹息的回答，像是秋意无情收割盛夏。

她想起自己初到洛阳遇见沈峥，小桥垂柳，轮椅上的他穿着一身青衫，轮椅下围了四五只猫。

离离从来没见过那么喜欢猫的男人。那么轮廓深刻好看的面庞，毫无架子地微笑。那些猫也喜欢他，有的猫身上脏兮兮的，还有一只不知是跟别的猫打架还是怎么，身上掉了一大块毛皮，他一点也不嫌脏，将那猫抱起来，眼睛温暖得像桥下被阳光吻着的湖。她几乎在那一刻，就沉溺了进去。

她愿意为他，赴汤蹈火。

胡天宝的嘴动了动，又动了动，最后扯出一个无可奈何的苦笑：

“你的名字太烦人，离离，我们果然有一天要分离。”离离像要说什么，胡天宝摇摇手，少年的眼里浮起一层秋凉的水雾，温柔刻骨：“再见。”

在少年转身之前，离离突然拉住他的胳膊：“给你，天宝哥。”那是一本医书，皱巴巴的。

“你一定会成为了不起的医者。”离离的话语仍然像火把，能将人心温暖。可这并不是胡天宝要的。他顿了顿，在自己改变主意之前，决然大步走开。

七

一枚石子落进湖心，满湖碧水顿时碎成万千裂玉。

沈府中，门“吱呀”一声被推开。

见到轻纱蒙面施然走进屋内的褒千金，沈峥似乎并不吃惊，他的神色只是疲惫。

府中的仆人都已被遣散，他任由黯金的夕阳铺在身上，目光也沉沉涣散，毫无生气。

他想起在他很小的时候，有一次，他在街角看到一个乞丐，没有右腿，端着破碗，乞丐逢人就将空空的裤管使劲儿抖索一下，想要博得些同情。童年的他解开自己的口袋，给了乞丐一个铜板。

乞丐絮絮地说起自己的故乡闹饥荒，自己和妻儿流浪到洛阳。那时的他并不知道生活原来有这许多的悲辛，再一次打开口袋，里面没有铜板，只有爹给他的一整锭金子。他自小衣食无忧，想到这一锭金子或许可以让乞丐买间草屋安顿下来，便整个递给了对方。

乞丐的眼睛里立刻就涌出了泪水，拉着他的手说："小兄弟，你心肠这样好，菩萨一定会保佑你的。"年幼的他想，乞丐说的一定是真的。因为当他醒来时，眼前就是一尊垂眸的菩萨，只是菩萨没有金身，脸孔上裂开着一处处可怕的破败。

他环顾四周，才知道自己被迷晕，绑架到了一间破庙里。乞丐在不远处冷冷地看着他，地上躺着一个女人，发出垂死的呻吟和恶臭。乞丐凑近他说："小兄弟啊，我本来只想老实做个乞丐的，没想到竟能遇到你这样的贵人，你既然出手这样阔绰，家人一定会拿许多钱来赎你吧？我妻子得了重病，需要钱。"

那晚为了防止他逃跑，乞丐把他手脚捆住，扔进一个铁笼子里。那个笼子既不能站，也不能坐，只能屈膝蜷蹲着，那样的姿势，寻常人半个时辰就会崩溃吧，他就这样生不如死地待了三天三夜。后来，他这两条腿就废了。

大夫说，是用那个怪异的姿势待得太久，膝盖筋脉扭曲。每逢阴雨天，他的腿就会痛不欲生，遍寻名医也无法减轻分毫。

直到遇见那个女子。

就算世人非议，他也始终相信她，相信她有一颗医者仁心，相信她……对自己有一份情。

哪怕那一日，他在昏迷的苏香身上看到她亲手写的药方。

"在想什么？"褒千金在他身边坐下，从怀中取出一把小刀，精致而锋利，"我以为，你有很多疑问要问我。"

沈峥闭眸不语。

"我希望能医治世人，也医治自己心口的创伤，我原以为，你也一样。”

他的声音微微发颤，眼中隐有泪光，像雨点滚过漆黑的子夜：“你为什么要害苏香？为什么要害那些姑娘？”

“是她自愿的。”褒千金淡淡地说，“火是苏香点燃的。”

这一刻，沈峥以为自己听错了。

“我不是说苏香纵火，而是说，火是从她身体里燃起来的。”褒千金嘴角噙着了然而神秘的微笑，说出悚然的话语，“呵，有什么奇怪的？和其他东西一样，人的体温高到燃点时，身体就会燃烧起来。

“你知道‘独活’吗？”

有一种草药生长在雍川山谷，叫“独活”，有风的时候不会摇摆，无风的时候却自己摆动，又被世人称为独摇草。

独摇草可以治疗最严重的风湿腿疾，但炼制这味药必须以健康人的身体为炉，血液为炭，直到人全身燃烧成火焰，终能炼成。

“一颗药，只能保一年太平……”褒千金把玩着清寒的小刀，“你这样的身体，能活到今天，药是不能断的。”

她用白皙纤细的手指数了数。一、二、三……七。

七年。

这七年来，每年都有一位少女去褒千金那里，以自己的身体为药炉，为沈峥炼药。

而他，甚至并不知道她们的名字吧。

阳光灿烂，四野飘散着野草和树木的清香，那是自由的味道。

胡天宝背着干粮走在小道上，哼着不知名的歌儿，要去哪里，他不知道，可这又有什么关系？他总会在旅途中找到。一只野兔从半人高的野草间跳出来，胡天宝哈哈大笑，朝它扔去一块石头。

兔子惊慌消失在草丛，野草的尽头浮云悠然，胡天宝抬头望天——不知道离离现在怎么样？

能继续留在所爱之人的身边，或许，也是某种幸福。沈峥是那么温柔的人，她可以一直这么幸福下去吧。

想到这里，胡天宝的脚步也轻快了许多。

八

一点火星从褒千金的指尖蹿起，灼痛人眼。沈峥黯淡的眸子突然惊痛抬起："你……"

火焰舔掉了雪白的面纱，露出一张熟悉的脸庞。就在这一瞬间，少女一抬手，将沈峥和轮椅整个推了出去！

"我能治好你，"少女的脸在火焰中变得虚渺，"不是一年，而是一生。待我烧尽了，记得拨开灰烬找到匕首，取匕首旁那颗红色的药。"

当千金神医只是个小女孩的时候，她跟随爹娘到洛阳，爹在街头行乞，因为一块金子起了歹念，绑架沈家年幼的公子，后来被官府捉拿乱棍打死，她娘也很快重病而亡。八岁的她和哥哥逃了出来，流落荒山摔下悬崖奄奄一息，被一位无名的医者所救。那位籍籍无名的郎中身上总是有馄饨味儿，不仅喜欢自己做馄饨，还卖馄饨。他的馄饨做得真的很好吃，而且，他还是位了不起的大夫。后来她跟随那人学习医术，成为了千金难求的女神医。

“你们兄妹都跟着我吧，男孩学医，女孩学做馄饨。”

“不。我跟你学就可以了，我会学医，也会学做馄饨。”女孩咬着嘴唇说，“让哥哥忘了这场噩梦，重新开始生活。”

哥哥喝了一碗草药，就真的把那场关于绑架勒索与乱棍打死的噩梦忘得一干二净……他有了新的名字，叫胡天宝。这些年来，就像她所希望的那样，过着恣意而自由的生活。

可她不能忘记。

不能忘记在那个破庙中，她躲在神像的后面，看见的一切……被关在笼子里的温润如玉的白衣少年。

她学医，只是为了……有一天能治好他。

多年前的某一天，她也是偷溜进沈府，藏在大树上偷看他。那时，密叶里打下来的雨声，淅淅沥沥，好像天地间有一种人类不能理解的窃窃私语。

从被树叶掩映的窗口，她看见他艰难地挪动双腿，冷汗从额角滚下，然后他摔倒在地，椅子翻了，他下身失禁染满脏污，婢女大惊失色地跑进来。雨声太大，一切都只有无声的画面，像皮影戏。

那时她难过地想，只要能治好他，她可以做任何事。

她每看一个病人，都要收取昂贵的诊金，她把这些钱用来伺候自己——吃雪山参尖，穿七彩蚕丝，洗骊山温泉……因为，她早已把自己当成了一只药炉。只有最好的药炉，才能炼出最珍贵的药。

焚身以火，碧血入眸。

"离离！"

轻纱蒙面的千金神医，就是离离。

少女的微笑沉浸在火焰中，手握紧了小刀，掌心沁出一滴血珠，宛若红豆。

多年前，曾有一个人教她念诗，离离原上草，一岁一枯荣，野火烧不尽，春风吹又生。

那个人还曾告诉她，神农尝百草，品尝的其实是人间爱恨五味。

唐三彩

数百年后，一种名为唐三彩的器物，诞生在安定繁荣的盛世。那个时代胸襟开阔，甚至出现了一位美貌的女皇。

不知，这是历史的哪一重偶然和必然。

只是，诸葛亮与唐三彩，他们在历史中的位置奇迹般地颠倒了。

一

“道德三皇五帝，功名夏侯商周，五霸闹春秋，兴亡顷刻过……”不知从哪里传来婉转哀凉的歌声，仿佛和着箜篌的调子，流音如丝，又忽然往下一压，再没了声息。五丈原上，卫兵们莫名打了个寒噤。

白发如霜的诸葛亮坐在一盏枯灯前，对面是年轻的姜维。

乱世中，蜀帝刘禅无能，连田间的百姓都知道他们的帝王是扶不起的阿斗。诸葛亮疲惫的眼神随着灯火跳跃出一丝微光。这种疲惫，已有三十年了；这种光彩，却是突然的一瞬。他说：“陛下原本是有个妹妹的，是孙夫人的子嗣。”

姜维怔住了拨弄灯芯的动作，问：“怎不曾听说过——是还未出生就……”

诸葛亮摇头，眼神变得奇怪，用一种和缓的声音道：“我只是说‘原本’，那个孩子根本就没有存在过。”

姜维骇然噤了声。

孙夫人尚香是吴国的公主，二十年前她就在人们的视线里消失了。一个从来就没有存在过的孩子，诸葛亮又怎会知道呢？

“那个女婴，本应是终结乱世的明君啊……”诸葛亮沙哑地叹息。

姜维脊背顿时僵住。人说诸葛亮能夜察天象、通晓古今。

正如，人说唐三彩并不是一个人。

二

唐三彩，字子鲮，庐江舒州人。高僧裳鄮法师见唐三彩一次，大惊失色，说这双眼睛有不详之气，于是让信神的吴国太生了忌讳，便想让孙权早早将唐三彩遣散回乡。可惜唐三彩是周瑜帐下的谋士，孙权旁敲侧击地暗示过几次，得不到周瑜的回应，也不好再提。

唐三彩相貌平凡，只得一双眼睛教人过目不忘。可惜，人言那双眼睛会传妖术。

早在孙策还在世的时候，唐三彩就在舒城跟随周瑜了。细细算来，正是诸葛亮刚到襄樊种田的那一年。

一天，诸大臣商议军国大计，吴国的老将程普为人清高，居功自傲，尤其容不下年少得志的周瑜，与周瑜一言不合，托病就要走。唐三彩歪歪斜斜地坐在下座，突然对旁边的吕蒙说：“程大人好像的确感冒了。”

他这句话刚落定，程普就打了一个响亮的喷嚏，鼻涕眼泪齐下。

众人皆瞠目。谁都知道，程普在水军里摸爬滚打四十年，从未感冒过。

也正因为如此，唐三彩会妖术的流言，像长了脚一样传遍东吴。

那时，江南正在流传吴宫流传出来的谣歌：“曲有误，周郎顾。”无论在宫中，还是在市井，女子们拨弦时，也悄然拨弄着五弦中热慕的情怀。唐三彩与风华绝代的周瑜站在一起，无疑是绿叶衬红花，使庸者更庸。

吴国的尚香公主却很特别，她时常出入都督府，似乎与唐三彩格外亲近。甚至有婢子亲眼看到，尚香公主穿着她平素的红衣，头上戴一只白玉的簪子，与唐三彩并肩而立。那时斜阳晚照，满地花荫，两人目光缱绻。

此事传扬开来，吴国太的脸上终于挂不住了，有人说唐三彩给公主施了妖法，也有人说公主看上了这个谋士。

这件事，不仅最终让吴国太坚决要遣走唐三彩，就是公主的兄长孙权，也默许了。

可惜，孙权还来不及处理家事，战争的风烟已从北国涌入江南。曹操的八十万大军挥师而下，就在长江北岸等待战火点燃。

三

建安十三年秋天。传说中的诸葛亮，就是在这个时候到东吴的。

这个来自中原的谋臣，有极温和儒雅的眉眼，青衣羽扇，一见，便是手不能兵的文士。

东吴的将领们多少有些轻视。这其中，以唐三彩为最。

唐三彩见到诸葛亮，一向懒散的表情突然有了某种锐利的敌意，居高临下。

鲁肃说："诸葛先生，请坐。"

唐三彩模仿他的音调，拖长第一个字："猪～～～"鲁肃有些江南口音，咬字不太准确。

诸葛亮不以为忤，开门见山："今曹操有并吞天下之心，吴蜀的上策，都是联盟抗敌。"

唐三彩继续拖长音调："猪～～～"

诸葛亮说："吴主少年雄才，有天下之志，更加上诸位的辅佐，南面降曹未免可惜。"诸葛亮微微抬起的眼神平静从容，仿佛不经意已掠过百里烽火，千载浮云，那种缥缈让人心中生出一种奇异的敬畏。

朝堂有片刻心虚的寂静，只有唐三彩继续拖长音调："猪～～～"

一阵哄笑中，东吴的臣子们暂时解了围。

唐三彩仿佛炫耀般，继续拖长音调："猪～～～"

这次，鲁肃终于按捺不住了，出于礼节，他呵斥道："唐三彩！"唐三彩仿佛根本没有听到鲁肃的话，只是自顾地拖长音调："猪～～～"

诸葛亮微笑道："子鲮，许久不见。"

唐三彩突然安静下来。安静下来的唐三彩，眼眸充满挣扎——甚至还有……一丝恐惧。

原来，唐三彩和诸葛亮是旧识。不知是何时的渊源，但看得出两人之间并不愉快。至少，唐三彩对诸葛亮，非常的不愉快。

奇怪的是，在真正的论辩开始之前，唐三彩连说了五个"猪"来侮辱诸葛亮，此后，一直到诸葛亮舌战群儒，唐三彩却没能再说一句话，他涨紫了脸似乎很想说话，难看地半张着嘴，仿佛嘴里的舌头成了一驾瘫痪的马车。

从那以后，唐三彩变得十分奇怪。他常常与人说着话时突然没声音了，古怪的表情仿佛要挣脱什么一样，脸上的肌肉像是用尽气力在和自己拼命。有时他明明在走路，却突然停在某个奇怪的姿势上，像被点了穴一样。吕蒙有次起夜，看见军营后面一个黑乎乎的影子，前腿迈开在空中，一动不动。阿蒙大胆上前去推了推，那个影子竟然僵硬得像可以折断的木头，轰然朝地面摔去。

阿蒙吓得大叫一声，全军的火把都亮了。

那一摔让唐三彩在床上躺了整整七天，一张脸青肿得可怖又可怜。

这个时候，人们已无暇顾及这个地位卑微的谋士了。

因为，战争很快就引燃了，比人们预想的更快！

不知是诸葛亮的游说起了作用，还是东吴的幼主孙权本就存着年少的一方血气。

东吴二十万水军，与曹操的八十万大军在江面激战。赤壁一片血红，大火熊熊，拿将士的鲜血当了火引。

这场战争惨烈辉煌，吴蜀联盟大破曹军。

而刘皇叔派了他最深信的谋臣前来帮助孙权，这并不是无偿的。现在，他要从这胜利中取两样东西。

一是荆州，一是尚香公主。

孙权自然不愿答应。

但两国的联盟有多重要，只要道理明白了，少年国主，就懂得适时的隐忍和冷血，这是帝王之道。

喜帖已在四处散发，孙尚香最后一个才得到消息。

自小习武的公主没有像一般女子那样哭闹，她打好自己的包裹，深夜翻过宫殿的围墙，策马赶至唐三彩的营帐。

唐三彩表情诧异又有些扭曲，盯着这个美丽的不速之客，做出了一个奇怪的口形，似乎想说什么，却发出含糊的声音："不……"

尚香惊愕地盯着他。

黑暗阴影中，唐三彩的面目扭曲得更厉害，本来平凡但并不丑陋的脸，此时几乎是痛苦狰狞的表情，他的声音也似乎嘶哑："来人，保护公主。"

隆冬里，侍卫们的刀枪上凝结着星星点点的冰花，反射在唐三彩冰冻的脸容上，也冻进了孙尚香的心口。

四

公主大病了一场，足不出户，婚期只好拖延着。

诸葛亮和鲁肃前去探病，带了一盒东西。

木牛流马。

栩栩如生的木器，大小不过手掌，诸葛亮轻斥一声"走"，它们便仿佛有了生命，在地上开始行走，十分有趣。

鲁肃问："这些只是小样品吧，听闻先生所造的木牛流马，不需人力，也能自行搬运粮草？"

诸葛亮的神情是一贯的清淡温和，他说："不是不需人力，而是人力在远处而已。比如，你我人在房中，也许能控制数里之外的粮草车。"

鲁肃将信将疑地讶赞道："那当真神奇！"

诸葛亮伸出修长清瘦的手，比画道："天下也就是一辆马车，那些令风云变色的霸主枭雄，有人做了扶手，有人做了轮轴，有人做了顶棚……"

鲁肃头一次听见这样的比喻，不由得问道："那先生是什么？"

诸葛亮摇头："我什么也不是。"

"你，是那赶车的人吧。"一直低头观察，并不理睬他们的孙尚香，突然静静道。

连鲁肃，也惊了一惊。

诸葛亮不置可否，但他的眼底泄露了惊讶。半晌，他悠悠道："大家自顾的出力，向前奔跑，力却使不到一处，只会让天下分崩离析。这时候，也许最需要有一个旁观的人在远处喊一声'停'。"

诸葛亮说这话时，窗外天空，有如红浪翻涌，大地亦被晚霞铺起薄薄的一层鲜艳，留些空间露出土质的浅褐，说不出的壮美。

孙尚香说："先生之志，在帝王之上。"

诸葛亮定定地看了她许久，叹息道："可惜你是个女子，生在了这个时候。"

一些奇怪的气氛在傍晚金色的光圈中流动。

诸葛亮转身对鲁肃说："子敬，我想单独劝劝公主。"

鲁肃告退，室内于是只剩下二人，气氛有些沉默，但并无敌意。诸葛亮慢慢说："当一个人站在你身边时，你有时能直觉地感觉到他是友好，还是敌意；能直觉地感觉到你乐于亲近他，还是毫无兴趣。甚至，在茫茫人海中，你一瞬间就能找到某一个人。那，不是用眼睛找的。”

尚香发现，这个男人能知道她在想什么。

她对他，并无恶感。

诸葛亮仿佛自言自语：“因为每个人都有自己的‘气’，我们暂时用这个词罢。当它可以控制对方的情感、思想，乃至行为时，在民间，这就叫做‘摄心术’。”

尚香毕竟聪明，终于明白他要说什么，面容上浮起一丝愤怒一痕苦涩：“你们都笃信唐三彩对我施了摄心术？”

“不，‘气’的散发往往是无意识的，很少有人真正能用自己的‘气’去控制别人。如果不借助工具，那几乎是不可能的。”诸葛亮无视她的反应，抚摸着小小的木牛，自语叹道：“但工具本身不一样。”

诸葛亮的眼睛云淡风轻，却分明潜藏着巨大的秘密。

他悠悠说：“工具能散发的‘气’，是在它们成形之前塑造好的，因而更易于集中。女娲造人时，用泥土捏一个人形，向它呵一口气，泥人就活了。这个传说，原本有三分依据，只是传说总是比事实更浪漫，更简洁。如果真的需要造一个人——”他纤细的唇抿紧了，似乎是在考虑他的措辞，怎样更容易理解：“那个过程非常复杂，要造他的身体和头脑，而且能造得非常精致，非常强大——”

他望着尚香惊愕睁大的，月亮般明艳的双眼，仿佛确信她能理解：“所以，那看上去是一个人，其实却是一件器物。”

尚香惊悸地打了一个寒噤。

诸葛亮知道，她听懂了一半。

这个女子，太聪明，让人心有不忍。诸葛亮的声音里掺了些许无奈："而且，不论他被构造得多么完善，总有损坏的一日——"

尚香愤怒地、冷冷地打断他的话："你不是神！"

"他是。"一个声音从门外传来。

门被推开了，走进来的那人望着尚香，眼神中似乎残存着一丝怜爱和眷恋的假象，但瞬间被冷酷的真实代替："他没有骗你，因为——"一襟残阳把唐三彩的面孔笼罩在逆光的黑暗里："我就是那件器物。"

远方传来雷声，一只惊鸟嘶鸣着高高飞起，衔走了夜幕降临前的最后一寸光。

五

一个月后，刘玄德公大婚。

西蜀沉浸在一片欢庆中，赵云的兵马开往南郡。

三军扎营，突然粮草官来报，有奸细夜藏粮草车中。

诸葛亮披衣而起，连夜独自审讯嫌犯，不允许其他人介入。这不符合诸葛亮处事的风格，连赵云都觉得奇怪——藏在粮草车里的究竟是何方神圣？

"我对这场战争有兴趣。"女子的声音。

营帐里，诸葛亮背对着微弱的灯光，影子被拉成一个寂寞的弧形。这个清俊的男人，在某些瞬间，有着远远超越二十六岁的苍老："曹仁守城，自是守不了几天了。"

“然后，你就坐收渔利——”女子冷冷道：“一并杀了周瑜。”

烛火跳动了一下，映出女子新月般眉目皎洁：谁也没有猜到，脱下喜服的新夫人孙尚香，将自己藏在粮草车里，随诸葛亮和赵云一起到了荆州！

诸葛亮微微一顿，没有说话。

“权哥哥前几日撤回了派给周瑜的援兵，是唐三彩进谏的吧。”尚香沉声道：“帝王的疑心，总需要有人煽风点火。”

“你还猜到了什么？”诸葛亮注视着这个奇特女子，她的美丽和危险，像一柄无坚不摧的剑。

“然后，唐三彩取周瑜而代之，不仅荆州，连整个江南，很快都是刘备的。”

诸葛亮正要说什么，却没有说下去，尚香静静地、冷冷地盯着他：“我要杀了唐三彩。”

“为何——”诸葛亮突然笑得有些诡异：“不杀了我？”

尚香沉默了很久：“你是人，而他不是。”

诸葛亮的脸上露出些莫名的宽慰和悲凉，他没有再说话。

烛火有生命一样地摇曳着，橘红色的光如同一只悲悯的手，抚摸着营帐内的阴谋和杀机，以及那些燃烧殆尽而危险的爱情。

窗外，星空如棋，命运叵测。

六

天明之时，南郡城下。

“周”字大旗烈烈作响，兵士们一径地整肃勇猛，刀剑挥动着鲜血横行。周瑜是用兵的将才，他麾下的东吴将士大多年轻，冲锋陷阵，没有一丝畏惧。城门摇摇欲坠，看来破城即不远了。

青石的城台上，一张脸出现在曹仁的身后。

——唐三彩的脸。

在阴影和血腥中格外诡异，那眼睛仿佛是空洞的、茫然的，那手呆滞地蜷曲着，曹仁愕然回头，心中涌起不详的恐惧。即使南郡城破在即，也没有给他这样的恐惧。

恐惧，细线般从那人身上散发出来，一丝一丝将曹仁紧紧缠绕，最后竟化作本能，仿佛世界末日一样的沉重压抑，无处可逃。

下一刻，唐三彩取过曹仁手中的箭，然后，对准了下方。

杀机。

周瑜在尘土飞扬中猛地侧身，躲过面前一柄长矛的攻击。几乎与此同时，一只箭携着凌厉的杀机和风声，没入他的胸口！

东吴阵形大乱，周瑜从马背上跌了下去。

“箭藏剧毒，老朽回天乏术。”军医摇摇头，不敢去看将领们可怖悲痛的脸色。

月光像刀一样劈入营帐之中，照着没有血色的脸，一阵风吹来，烛火竟是全灭了，身着厚重盔甲的汉子们浸渍在凉如水的绝望中。甚至有百合花带着水汽的涩香，把死亡的气息烘托得甜美销魂，不可阻挡。

突然，他们都在那清香中失去了知觉。

一个人影自黑暗的屋梁跃下，脸孔上眼神空洞，正是唐三彩。他来到床前，抽出佩刀对准床上昏迷的人，细细的弦月光仿佛把唐三彩的脸劈成了两半，一半光明，一半黑暗。

手起刀落时，他突然愕然睁大双眼，捂住胸口。血顺着他的手指缝汹涌流下，一柄弯刀，已经插入了他的胸膛！

“唐三彩，终是有这么一天。”那原本死气沉沉卧躺着的人，掀开锦被，竟是新月明眸，艳丽如火。

那火焰燃烧着恨，含着点点泪影。

榻上的人，不是周瑜，是尚香！

唐三彩痉挛着，鲜血从前胸汹涌而出，他可怖的面孔却慢慢柔和起来，眼神回复了那种慵懒的温柔。他悲伤地看着她，表情还有些僵硬，舌头似乎还不自由，但眼神里的爱和痛苦已经微妙到狠狠触痛了恋人的心尖。

尚香不可置信地盯着唐三彩胸前涌出的血，双手却微微颤抖。她意识到了什么，伸手想要阻止什么，但想不真切。

“我想带你走。”唐三彩嘶哑的声音从缺少空气的胸腔里发出，却仿佛魔咒一样让尚香泪水汹涌。

“你……让我嫁给别人。”她死命地盯着他：“你要毁了东吴……”

“诸葛亮为什么要杀我……”唐三彩虚弱地喃喃道。

一线光猛地照亮了尚香混沌的头脑，原本那些不真切的困惑突然清晰起来。她一切都明白了。

他的眼睛藏满了那样浓烈的爱和痛苦。一个傀儡，不会有那样的眼睛。

唐三彩不再是一件简单的器物了，他有了自己的思想和情感。所以，诸葛亮容不得他。

一件器物，或者一架马车，本来只应随着主人的指令前行。

进谗言，杀周瑜，夺南郡，都不是唐三彩的本意，亦不是诸葛亮的目的。诸葛亮只是定下连环的计策，要借她的手杀了唐三彩。

这种方法最残忍，最彻底，最决绝。

“器物有了情感，人的世界会变得可怕。”唐三彩喃喃自语：“只有诛灭这异变，回到一切还未开始的从前。”

那种讥诮的温柔微笑绽放在他的嘴角，不是错觉，唐三彩濒死的眼中闪过一丝胜利者的微光。“……只有一件事是真的，那就是，我想带你走。”他的头垂了下去，再没有了气息。

这句话在他脑中盘旋了千百遍。

只有这一句，是真的。

曾经，在那个隆冬里，他表情有些扭曲地看着她，做出了一个奇怪的口形，却终是没有成功。现在，他做到了。

那是他枯涸灵魂里唯一的语言。

七

三十年后。

五丈原的秋风很紧了，天空是一望无际的蓝灰色。流云萧索，在一种比冬天更为肃杀的哀鸣中，夹杂着几声零星的蝉鸣，凄切如风雨。

又是三十年，天下仍是乱世。

年轻的姜维带着他此生最大的惊愕，静静地聆听下去。

诸葛亮微微一笑，有些凄凉的味道，眉目依稀有当年的清定，只是手脚渐已无法动弹。六出祈山，让他心力交瘁，人力，毕竟是有极限的。

“从孙夫人出走的那一天，都改变了。我苦苦支撑了这么多年。希望一切能围绕着原本的方向运行，但，似乎终于回不到原样了。历史在某一个点上有任何微小的改变，都会引起未来天翻地覆的变化，我们叫它，蝴蝶效应。”诸葛亮的眼中揉进了一些雾气般的迷蒙：“知其不可为，我还是支撑到了现在。我不能杀唐三彩啊，只有属于这个时代的人，才能杀他。不然，亲手改写历史的人，就是我。”

少年姜维有着奇迹般远远超越现实的聪慧和胸襟，这是诸葛亮收养他并教导他的原因。也只有他，可能听懂此刻诸葛亮的话。

“而这，正是唐三彩的目的。我控制了他，却控制不了结果，未知的结果。我怎么也没有想到，他在最后的时刻，他在自己身体最为虚弱精神也最为微弱的时刻，挣脱我的控制，夺取了一个女人的心。”

诸葛亮倦极地闭上眼：“一个女人的心，就改变了历史。”对面，姜维的眼睛涌出了惊恐与困惑。

伯约，你一定想问，唐三彩为什么要改变既定的历史？

“因为，许久之后，人们被自己所制造的器物控制了，人不再有自由的灵魂，机器成为了他们的主人。他们挣不脱这种桎梏，只有回到曾经的过去，期望通过改写历史的蝴蝶效应，获得改变未来的一线希望。”

姜维苍白着脸听着，任何人都无法一时接受这描述。但姜维毕竟是姜维，一个天惊地动的事实，如火花般瞬间劈过他的头脑。

他混乱悲痛地望着面前的长者，看着那银丝如雪，双目如潭的悲伤。

那是——

“你猜得没错，不必害怕，我才是器物。”诸葛亮轻笑起来：“来自久远的未来。”

诸葛亮接着说：“人驾着世界，就像赶着一辆疯狂的马车，冲到了悬崖的边沿。最理性的器物，不过是要拉这世界一把。你说呢？”

姜维什么也没有说。他的脑中浮现出百姓易子相食的场面。在乱世中，浮殍遍地，整个世界都仿佛只剩下贵族逃亡的车轮，和百姓在饥饿中的挣扎。

诸葛亮微弱地抬抬手：“伯约，你回去罢。”

清风吹来，灯烛晃动着，径自灭了。

黑暗中，姜维并没有退下，他预感到了什么，突然逾越地固执站立着。

夜色浓重如泼墨，屋内暗得伸手不见五指，黑暗静静流动着，带着宿命的清香和悲怆，不可抗拒。

终于，姜维走了出去，在出门时，他深深跪在地上，磕过头。然后他站起身，黑暗中清晰而坚定的年轻的声音说：“丞相，但我相信人仍有能力驾着这辆马车走上坦途的。”

那个声音接着说：“因为人有情感和爱。您知道的。”

诸葛亮的眼中突然流下泪来，姜维关上门，没有看见黑暗中纵横的泪水在诸葛亮的脸上安详淌过。

建兴十二年，五丈原，蜀汉丞相诸葛亮病逝。后人尊称诸葛武侯。

数百年后，一种名为唐三彩的器物，诞生在安定繁荣的盛世。那个时代胸襟开阔，甚至出现了一位美貌的女皇。

不知，这是历史的哪一重偶然和必然。

只是，诸葛亮与唐三彩，他们在历史中的位置奇迹般地颠倒了。

名士

“人生若没有知己，实在是比死亡更无趣的事情。”他从箭筒里抽出另一支羽箭：“和最强有力的对手比赛骑射，哪怕被命运的烈马摔下马背，也比一个人孤单踟蹰精彩得多。”

引子

“周都督，我们且干了这一杯。”我举起酒杯，葡萄美酒殷殷如血，将军的颈项瓷白如月。

他将杯中血色一饮而尽。

我击掌道：“好风景。”

“那你何故叹惋？”他将酒樽放下，毫无醉意的眸子却有种逼仄的优美威严。

“周都督啊——”我眯着眼欣赏这块隐有裂缝的清贵玉石：“因为酒将尽了。”我把空空的酒坛倒过来，只有几滴残留的鲜艳顺着坛子滴到我的膝上，氤氲成三两朵梅花，幽冷的酒香隐隐从我的白袍上透出：“与周公瑾交，如饮醇醪，不觉自醉——而今，这酒将尽了。”

灯光下他的眼神一动，又似乎只是烛火。

我借着酒意大胆凑近那张乱世中能奏弦歌的脸容，一根将崩断的琴弦，怒放到最高音阶的华丽和残艳，太美了、太亮了，酒意潋滟的眼神会奏乐曲。

我无声吐出几个字，将自己袍袖上的酒香凋谢成黑暗。

我是这乱世中的预言者，不属于任何一方割据。因为我的预言从未失误过，所以，我只属于真实。

此时此刻，我凑近周都督的脸，说：“你会死在建安十五年。”

a

建安元年。

那日，月亮白得仿佛在水里洗了一千次，又白、又圆、又冷，冷得就像刚在冰窖里摸出来的，莹透皎洁。两个师哥端着热腾腾的元宵来找她，说师父交代下来，今儿一同吃元宵。

“今日不教布阵，也不教心法，为师问你们一句话——你们学兵法所谓何？”

师父这一问，室内顿时安静。

半晌，徐元直答：“义之所在，虽万千人吾往矣。为道义。”

诸葛亮答：“平乱世，扶百姓，为社稷。”

明净皑咬着元宵想了半天，歪着脑袋说：“学兵法为了别人不用打仗。”师父微微一怔，明净皑赶紧把那个元宵吞进肚子里，嘴里含含糊糊地接着说：“道义也好，社稷也好，不是打架就是打仗——哇！元直师哥，你怎么踩我？”

这一年襄樊的冬天雪下得特别久，鹅毛铺满了乡下的田垄，把三个少年平时嬉戏的草垛和庭院都裹上了蓬软的棉絮。

“我说……”明净皑不顾两个师哥朝她拼命使眼色：“我学了武，就有很多人可以不用学，我会打仗，就可以有很多人不用打仗！北边来的难民，南方的乞丐，除了穿的不一样，眉毛眼睛也是一样的，为什么非要互相打仗呢？”

师父霍然站起，面笼清霜，明净皑从未见过那样威严优雅的站立。可是，他单薄的脊背站得那么直，直得仿佛要将自己生生折断。

师父就是这乱世里的一卷书，各方割据势力都想读的一卷奇书。当年董卓来拜，袁绍来请，孙坚来试，但他们都像巫山的云雨新茶，被师父冷淡的笑意摘去了企图。十二年来，师父单教了三个弟子，却不教治国的方略。

明净皑还想说什么，徐元直一把拉住她，笑道："小矮子平时就满嘴孩子话，师父不要和她当真。"

"又叫我小矮子！"明净皑生气地一把甩开徐元直的手，谁让她的名字有个"皑"字呢？

月光如刀锋利，似水神秘。

师父突然对徐元直和诸葛亮说："你们可以出师了。"沉默了许久，他侧身对明净皑说："你——再学十年。"

B

十年，真的不是一段短的时间。

我跟着师父种田除草，两个师哥并没有走远，他们是隐匿的龙凤，时下的朝野杂木交错割据，没有梧桐让他们停歇。

很久没有元直师哥的消息，不过从孔明师哥口中得知他的近况。他似乎迷上了易经，除了侍奉老母就是与这本书为伴。孔明师哥在春夏两季会来帮师父干活，但从不刻意。他出生于琅邪阳都，幼年孤独颠簸，举止却总是给人春风拂面般的随和，以前三个人在一起时，孔明师哥也并不刻意表现，他敛眉的样子让最挑剔的人也找不出缺点。

可惜，师父待他就如陌生人一般——师父的凉薄一直就是这样绝情，出师的弟子似乎再与他无关。而师哥来时，我无疑是欢喜的，因为诸葛师哥会带来他新种的稻米、山下的松子和樱桃。

“师哥，你什么时候再来？”

“柿子熟的时候吧。”

“你想出去看看吗？外面的世界——”我兴奋地问。

“看情形了。”孔明师哥微笑，他朝师父住的茅屋望去，眼睛里似乎有几点阳光的热度。我不知道他还在等待着什么，但能感觉到这里还有令他期望的东西。

“听说袁绍和曹操要在官渡打仗，你说谁会赢？”我吮了一颗樱桃。

他把大竹篮拿起来，我才发现他的手长大了好多，以前我们三个人都握不住这篮子。他谦和说：“只有师父知道。”

师父被称为水镜先生，他在乱世中的最奇特之处在于他能预知未来——最可怕的是，迄今为止他还没有出过错。即便现在师哥们的名声已经从襄樊传到了全国，这一点他们仍无法模仿。

“我知道，你心里早就觉得曹操会赢。”我笑嘻嘻地说：“你看上那个沛国来的阿瞒了吗？听说他礼贤下士的名声早就打开了，如果他赢了官渡之战，想跟他恐怕就不那么容易了。”

“现在已经不容易了。”孔明师哥认真地说：“曹操的身边已经有了几个很特别的人才。”

“你是不同的。”我自豪地说。

“没有什么真正的不同。”他不再看我：“只有师父是不同的。也许，以后师父会把他最重要的东西交给你。”

他唇上淡青色绒须让少年清秀的轮廓更加明晰，宁和秀雅的神气使他看上去没有一点野心，只有偶尔望天时的眼神，内敛着和外面世界一样起伏的风云。

柿子熟的时候，孔明师哥没有再来。一连大半年他都没有来了。

到来年的春天我才听说他跟荆州的刘备走了，在此之前，我从没听说过这号人物——这个乱世中的小人物，把我的师哥带走了——从此之后，不会有人再敢轻视他的姓氏，那将被百姓传说成大汉中山靖王子孙的凭据。

也许这就是师哥的选择。

a

此后几年，徐州牧刘玄德的崛起就像一则神话。这个市井小民曾为一席微薄的立足之地在曹操、袁绍和刘表之间辗转，却突然赢得了仁厚的声名和人心。

小隐于野，大隐于朝，诸葛亮的出仕给了那些热衷时局且惯于清谈的士子很好的标尺。人们几乎忘了水镜先生司马徽，这恰好如他所愿。就像他居住的山脉一样——无论权力之手怎样炙热，山上都是常年凉爽的。

水镜先生在大片庄稼的田地间锄草，荷锄的样子说不出的真实。明净皑笑呵呵地望着他头上闪闪发光的汗水："师父，我们今年的收成一定好。"

"不是因为收成好才高兴，是喜欢看我种地吧。"

明净皑没有吭声。

"你怕什么？"先生一双冷眼里流云离索。

"就是觉得你种地比读书时好看。"明净皑笑呵呵说。

水镜先生冷哼了一声把锄头丢给她："锄完这三亩地的草。"

明净皑踩着骄阳下的田地，嘀咕道："还是孔明师哥在的时候好。"

头顶突然传来清凉的鹤的鸣叫。天地辽阔清旷，碧空一鹤排云而上，像一只航行在蓝色水面上的孤帆，划开凶险的云浪。师徒抬头等着这场风暴般的美景过去，很久也没有听到其他的声音。

"师父，你有时还是会想念孔明师哥吧？"

水镜先生面上突然有了些不忍的苍凉，仿佛那些远去的鹤影带走了的某种人生："……我的确为诸葛亮这个人觉得落寞，但不是因为想念。"

B

我很久以后才能理解师父的这句话。那个时候，新坟上已经有了零星的青草。

师父去世在一个冬夜。

他的离开和任何人的离开没有分别，最后的生命就像烛火一样，被风轻轻地吹灭了。他的坟冢起在山下的田垄间，我把锄头埋在了他的身边。那是唯一能带给他汗水的纪念，唯一能陪伴他身侧的真实。只有在远离思考时，师父才会像所有的人一样流汗、用力、收获。

是的，在未知的疆域中他了解得最多，却永远两手空空。

师父临死的时候，交给我一颗珠子。他枯槁修长的手将珠子放在盘子里，发出“叮”地一声轻响，我感觉自己命运的弦被拨动，有一点儿本能的恐惧和欢喜。

“这是龙珠，把它含在嘴里，你能看见别人的命运。”师父的睫毛干涸了，上面凝着死亡的白霜：“我二十一岁的那年仲春曾遇见过龙女，但最后剩下的……也就只是这颗珠子。”

师父最后剩下的话，也只有这一句了。

我瞪大眼睛目睹突如其来的死亡，以及再也无人解答的疑问，在师父扩散的瞳孔里看到了一滴冰冷的晶莹。无论曾经怎样翻江倒海，末了，也就是一句交代。

我迟疑了很久，终于还是在一个深静的星夜，忐忑地把珠子含进了嘴里。我想，如果是孔明师哥，一定不会像我这么莽撞。

家里的米缸空了。师父死前就知道我会留在襄樊的日子不多了。

那天，我最后一次拔掉师父坟前的青草，没有磕头，离开了我十七年的人生。

时代的大手笔正挥毫出磅礴的割裂与繁荣，而我清晰看见了乱世——和那些光华璀璨的流星。

a

建安十一年，东吴来了一个奇特的客人，身着儒雅的白袍，自称是水镜先生的弟子，名叫明净。

预言对有雄心者来说有很大的吸引力，但孙权并不是一个轻信的人。

他设了丰盛的筵席款待这个传说中的人物，举樽问："可否请教战事？"

座上的白袍似铺展着终年不化的积雪，那双似笑非笑的眼睛扫过满座狐疑打量的视线，铿锵清晰道："乐进李典当破管承，于禁平昌豨战于东海，雍州兵讨张猛。"

几个月后，一语成谶。

东吴重臣朝野震动，孙权以子侄之礼拜见明净。少年帝王急切地想要知道更多，东吴的命运，北边的战事。

"我不问天下。"明净并不给孙权颜面。

"那您为何要来我江南？不是看好东吴么？"孙权从容不迫地说。

"东吴？"明净突然笑起来："你太自信了。我来，只是因为一个人——"明净将手指按在掌下的五弦上："听说周郎顾曲，国士无双，我只是为这一抹世间颜色而来。"

可周瑜并不在朝中，他正率兵征讨江夏黄祖。又一场年轻的功勋席卷江南的水域，跃马扬鞭驰骋在百姓的期待中。东吴人听到他的名字时神色都恭敬，但显然还不止这些。这个祖父和叔公皆为东汉太尉的贵族士子，美姿容，精音律，多谋善断，是乱世刀血中的最洁白的神话。

吴侬软语唤出“周郎”时，温柔亲切熨帖人心。舒袍广袖琴曲，将军马背箫歌，让人们几乎会忘记还在进行的战争。

神秘的预言者明净，为他而来。

但最终，周郎并未带着一身沙场秋点兵的锐利飒爽，策马而至——

B

我第一次见到周瑜时的情形，实在有些可笑。他一身寻常装束，在为几个孩童摘柿子。

宽大的衣袍下摆被扎起，他利落地爬上柿子树。在一片稚嫩的欢呼声中，地面下了一阵有香气的金色的果雨。

树叶之间的阳光斑驳在他骄傲的笑容里，我不能不承认这是一道别人永远无法模拟的风景。周瑜的琴歌，未必只在弦上。

“明净先生，久仰了。”他跃下树来，看人的眼神明锐，好似太阳照过的坦荡大地。我想起另一个人，笑起来如同阳光照过湖水，试图探寻他内心的目光都会被温和地折射回来。他也给过我和师父关于柿子的期待，只是没有兑现。我想，即使有这样的机会，他也会造出精妙的工具来打落柿子，而不会像周瑜一样爬上树去。

“你叫我先生？”我注意到他奇怪的称呼。

“主公敬你为天下名士，我自然叫你先生。”他毫不在意地把衣袍上的结打开，潇洒地掸去上面的尘土和树叶：“明净这个名字很有意思，但并不适合你这样的女子——太重的禅意让人觉得你不再年轻。”

“你不如叫我明净禅师吧。”我冷笑着昂起下巴：“反正我是一个怪力乱神的预言者。”

“这样子——”他突然笑了：“好吧。”

我气结。

“听说你来东吴是为了我。”他自自然然地提到这个话题，没有一丝窘态：“我想一定有什么特别的原因吧。”

“只是听说你长得有几分姿色，好奇罢了。”我哼了一声。

“还有吗？”他的身材远比我高大，几乎遮住了我面前的阳光。

十七岁的我屡次被激怒，恶劣地提高声音：“因为想看你怎么死的。”

说出这句话，我就后悔了。他似乎一怔，显然并没有轻视我的话。我眼神闪烁，不敢再看他。

他用力地拍了拍我的肩：“呵，别介意。”

我突然有种想哭的冲动，如果不去看他骄傲明朗的眼神，其实很容易注意到他苍白的脸色，微微干裂的薄唇。那病态嫣红的脸颊像春天烧过的一场野火，美得惊心动魄。

“我想，你以前的名字也许不叫明净？”他捡起一个柿子扔给我，仿佛刚才的话题根本就没有存在过，那种闲适潇洒的意态真不像一个将军：“不过，既然你愿意做禅师，叫什么也无所谓了。”

这就是周郎，敏锐而豁达的周郎，当他发现自己的好奇是别人不愿意说的故事，立刻轻松地放手，而且绝不让自己和别人尴尬。

与周公瑾交，如饮醇缪，不是没有原因的。

我的师哥也有让人如沐春风的眸子，但他谦和的性情得自于近乎苛刻的自律，千锤百炼臻于完美。而周郎，是一块天生的玉石而已。

a

建安十三年，曹操屯八十万水军南下，直逼江东。

江南百姓和东吴王朝的坚持，与其说是战意，不如说是一个国家在濒危时最底线的尊严和爆发力。刘备的使者来了，得到了主战的鲁肃热情的款待。但朝中的意见并未统一。当诸葛亮轻摇羽扇登上东吴朝堂，两种极端的对立立刻表现出来。

这场朝堂论辩让孙权震惊，他觉得诸葛亮似乎很像某个人。

“先生能观天象，可知战事胜负几成？”在随后的宴请中，孙权老练地问道。

“胜算六成。”诸葛亮摇扇回答：“抑或九成。”

“何解？”

“士气三成，地利三成，如果能加上天时——再添三成。”诸葛亮微笑：“最后这三成可遇不可求。”

孙权点头称是。

这时，突然有人来禀：“周都督回来了！”座下本来已有七分酒性的群臣都不自觉地坐直了，鲁肃正了正衣冠，又咳嗽了一声。

周瑜是相当洒脱的人，但人们不知为何都希望在他面前表现出最好的一面，这种魅力在沙场上已成为了一种可怕的力量——只要他出现的地方，士兵们都奋力冲杀，不计生死。

此刻，周瑜穿着来不及脱下的战甲，大步进入厅堂，玉色面容冷峻威严。

他先给孙权行过礼，觥筹交错的酒宴一时安静，大家似乎都在等待什么，只有伶人的乐曲没有停，琴女低头弹奏着《阳明春晓》。

“徵音高了。”周瑜听了一会儿，轻松地说。厅堂里人人都觉得心上一轻，周郎的微笑几乎化去了他们心上的阴霾。

“战事将近，不听这《阳明春晓》也罢。”他落座时扫视了四座一眼，吴国上下的臣将都觉得周都督看到自己了。几个主和的文官低下了头去，这一看似无心的顾曲，是说给孙权和他们听的。

“不如听《十面埋伏》？”鲁肃高兴地建议。

周瑜自斟了一盏酒。

“吴蜀联盟抗敌，但求同心，还是听《高山流水》吧。”诸葛亮站起身来，眸子如水明亮：“孙将军，能否容我班门弄斧，为诸君抚琴一曲？”他这话虽是对孙权说的，但眼神掠过周瑜的脸，微笑停留了片刻。

“如此甚好。”孙权立刻应允。

一曲终，周瑜率先击掌。片刻之间，座中顿时响起浩大的掌声潮。

“好一曲《高山流水》，我敬你。”周瑜将杯中酒一饮而尽，潇洒光明的酒樽写尽风流，与诸葛亮儒雅的羽扇成了对比。

山高水远，星月辉映。

这是最纷乱的时代，也是最灿烂的时代。

B

我在东吴遇到了孔明师哥。事实上，这也是我留在东吴这几年的原因之一，我舌下藏着的那颗龙珠，很早就告诉了我这注定的一幕。但我还是奇怪地期待着，为师哥，也为周郎。或许因为他们的相遇是一场照亮乱世的火光，永远不会让人失望。

师哥比以前瘦了些，好在那双谦和的眸子还是没有什么变化。我一眼就认出了他。

这是我在外面世界遇到的第一个也是唯一的亲人，我却没有特别的激动。也许真的像周瑜说的，我十七岁就已经老了。

“师父去世了。”我冷淡地对他说。

孔明师哥的身形明显地晃了一下，我看到他的眼里隐忍着水光。那一时刻的真感情几乎要打碎我袍袖上的冰雪。

“他去世时没有痛苦。”我故作无所谓地说，转过身去。

“小矮子！”孔明师哥瘦削的手臂突然伸了过来，想要拉住我，或者是想要拉住在襄樊的旧时光，他的手指仿佛是剥过皮的雪白的树枝，经历了整个冬天的埋葬，瘦成了一管冰冷的坚韧。

我侧身避开，他正准备迈上前的脚突然踏空，跌倒在台阶上。

“我梦见自己带了柿子回去，但你们都离开了。”他的眼睛里重影叠叠，我从他的泪眼里看到了自己。心中的冰雪被烫伤了一角，疼得我……再也挪不动脚步。

那晚，我们终于品尝到了一场渴望的酒醉。

我和孔明师哥一共喝掉了十二坛酒，他那样自律的人，醉到失去了所有的仪态：“大梦谁先觉，平生我自知……”他唱起我从未听过的歌，踉跄的醉步似山野村夫。

我感到舌下的龙珠滚烫，但我又灌了一大口酒，任由那些血色的液体流入了我的身体，龙珠仿佛也要滑进我的咽喉。我张开嘴吐出酒气：“喏，师父给了我一颗龙珠。”

孔明师哥眼神蒙眬。

“这颗龙珠能看到别人的命运，看到敌人怎么到来，看到爱人怎么死去。”我的眼泪突然涌了出来，下意识地舔了舔嘴唇：“怎么会有这种东西，让人看到，却永远……没有办法改变。”

命运的甜酒或毒酒，都只给半杯啊。

师哥的酒意似乎还未全醒，但眸子已经清明了——他就是这样，意志永远走在身体的前面。所以在许多年后，他能在病重的折磨下六出祁山。

他突然掐住我的喉咙，我以为他要杀了我，因为眼前天旋地转，我整个人被翻了过来，孔明师哥不知道哪里来的那么大的力气，用力拍在我的背上，龙珠“叮”地从我嘴里掉了出来，带着丝丝血迹。

含得太久，它快生长进我的血肉中了。

在我爬起来之前，孔明师哥抢夺过那颗龙珠，猛然将它凑近烛火——珠子上舔起了火苗。

“你疯了！这是师父留给我的……”我要去制止，可师哥把那团火举到我够不着的高度，我用力地去捶打他，却自己跌在了案前。

酒坛被我碰翻了好几个，发出哗啦巨大的碎裂声！好像冥冥中的命运突然被用力地打碎了，埋藏了我四年的坚硬冰雪和龙珠一起无声地燃烧，我喝的那些苦酒都从眼睛里汹涌出来了……

“忘掉龙珠，像以前一样活下去。”孔明师哥的发鬓都被映成了明亮的金色，与之强烈对比的是苍冷的脸庞，他也会恐惧，但恐惧不能阻止他的坚定。我这才发现自己从来没有真正了解过他。

泪眼中我看到他手指上的皮肤被烧红了，龙珠渐渐在他的掌中化为黑色的粉末，飘飘洒洒地落到瘦削的肩头，几点暗红的火星用最后的温度挣扎着，像拼命窥视世界的眼睛，但终于熄灭了。

我愕然地瞪着他。

“你和师父不一样，也和我不一样。忘了龙珠，像以前一样生活。”

尾声

赤壁的大火终于点燃了。

它燃烧成一个伤痂，镶嵌在盖世英雄曹操的横槊悲歌中，也凝结成一枚勋章，佩戴在东吴江南的土地上。

周瑜没有因此而骄矜，虽然东风十里，凯旋马蹄，舒城周公瑾盛开了自己最辉煌的年华。

他挽弓涉猎，在林场纵马驰骋。几个月前曹操一纸“会猎于吴”的战书将东吴上下逼入亡国的边缘，此刻的会猎却是在欢庆胜利——

明净皑执辔快马至周瑜身边：“你猎到鹤了么？”

“鹤？这种动物行迹孤僻，不易猎到。”周瑜回头，乌发中一根刺眼白色落入明净皑的眼中，她的眼神痛了一下。美人如名将，世间无白头。

“你们就算猎到了鹤，也养不活它。它会不饮不食，七天即死。”明净皑像她这样年纪的少女一样快活地扬起马鞭，打过林场清新的空气。自从失去龙珠，她的笑容竟然渐渐萌芽。

“我从未想过能驯服鹤，主公恐怕也不抱这个希望。”周瑜轻松地抬手挽弓，美如雕塑的姿势里，一只大雁应声而落。

“人生若没有知己，实在是比死亡更无趣的事情。”他从箭筒里抽出另一支羽箭：“和最强有力的对手比赛骑射，哪怕被命运的烈马摔下马背，也比一个人孤单踟蹰精彩得多。”

明净皑微笑仰头，天空苍蓝如海。

龙珠能看到别人的命运，但没有了龙珠，她第一次发现，人生最强大美好的，原来是看清自己的心。

就像身边的那人一样。

李惟七短篇小说创作年表

《披星弄火》创作于 2003 年，传说中的小说处女作。

《白鸟追忆》创作于 2004 年，看过漫画《棋魂》之后为佐为写的同人文（本书未收录）。

《唐三彩》创作于 2006 年，为男神周瑜写的文。因为这篇软科幻文，认识了很有爱的一位朋友。

《名士》创作于 2008 年，为周瑜写的另一篇文。发表于《少年绘》特刊《幻想吧，男神》2015 年 3 月刊。

《收费时代》创作于 2009 年，首发于《科幻世界》2010 年 4 月刊，后被《意林 . 小文学》2012 年 6 月刊转载，《趣味语文》2013 年 1 月刊转载，《格言》2013 年 9 月刊转载。

《小白吃黑》创作于 2010 年。

《一切归零》创作于 2011 年，发表于《今古传奇故事版》2011 年 10 月刊。

《鼠疫》创作于 2011 年，发表于《今古传奇故事版》2012 年 1 月刊。

《要命的观音竹》创作于 2012 年，发表于《今古传奇故事版》2012 年 6 月刊（本书未收录）。

《执手天下》创作于2012年，首发于《意林轻小说》2012年8月刊，后被《中国卡通》2013年10月刊转载。

《售梦者（最后的梦）》创作于2012年，发表于《今古传奇故事版》2012年7月刊。

《君子之妖（遗忘者的旅行）》创作于2012年，发表于《意林轻小说》2012年9月刊。

《先生，别开玩笑》创作于2013年，发表于《超好看》2013年4月刊（本书未收录）。

《火中取栗》创作于2013年，发表于《今古传奇武侠版》2013年12月刊。

《兰亭序》创作于2013年，发表于《今古传奇武侠版》2013年8月刊，后被《2013年中国武侠小说精选》收录。

后记

《七光年》就是传说中的，比万年坑更强大的，光年坑吗？

从2009年第一本长篇小说《天下不帅》出版至今，时间正好过去了七年。其实，在更早之前，我也曾经在作业本和草稿纸上，用自己万年不变的小学生字体码字，脑补着金戈铁马、白衣江湖，幻想着星辰大海、热血远航。

呈现给你们的这本短篇小说集中，最早有2003年的作品；而作品与作品之间的时间跨度，长达十年。

这本短篇集可以算是“拾遗”，跨越了漫长的年华与路途，把遗落在时光角落里的那些稚嫩的灵感、微笑、泪水和勇气，搜集起来。时间会洗炼纸笔，唯初心难以忘却。

诗人说，你我相逢在黑夜的海上，你有你的，我有我的，方向；你记得也好，最好你忘掉，这交会时互放的光亮。

不愿忘掉这交会时互放的光亮，期待与你再一次相遇在风中云上。

七光年的远方，仍有太阳，仍有星辰回唱。

2016年10月17日

图书在版编目（CIP）数据

七光年 / 李惟七著 . -- 北京：群言出版社，
2017.1
ISBN 978-7-5193-0244-3

Ⅰ. ①七… Ⅱ. ①李… Ⅲ. ①短篇小说－小说集－中
国－当代 Ⅳ. ①I247.7

中国版本图书馆 CIP 数据核字（2016）第 263359 号

出 版 人：肖玉平
图书策划：王　聪
责任编辑：王　聪
封面设计：方　茜
封面绘图：妖魔君

出版发行：群言出版社
社　　址：北京市东城区东厂胡同北巷 1 号（100006）
网　　址：www.qypublish.com
自营网店：https://qycbs.tmall.com（天猫旗舰店）
http://qycbs.shop.kongfz.com（孔夫子旧书网）
http://www.qypublish.com（群言出版社官网）
电子信箱：qunyancbs@126.com
联系电话：010-65267783　65263836
经　　销：全国新华书店
法律顾问：北京天驰君泰律师事务所

印　　刷：北京毅峰迅捷印刷有限公司
版　　次：2017 年 1 月第 1 版　2017 年 1 月第 1 次印刷
开　　本：880mm × 1230mm　　1/32
印　　张：7.5
字　　数：178 千字
书　　号：ISBN 978-7-5193-0244-3
定　　价：39.80 元